乐山百年新诗选

1917—2017

罗国雄　龚静染　主编

四川文艺出版社

图书在版编目（CIP）数据

乐山百年新诗选 / 罗国雄，龚静染主编. -- 成都：四川文艺出版社，2018.1
ISBN 978-7-5411-4319-9

Ⅰ.①乐… Ⅱ.①罗…②龚… Ⅲ.①诗集—中国—当代 Ⅳ.①I227

中国版本图书馆CIP数据核字(2017)第309267号

乐山百年新诗选
LESHANBAINIANXINSHIXUAN
罗国雄　龚静染　主编

责任编辑	程　川　奉学勤
封面设计	刘　亮
内文设计	史小燕
责任校对	蓝　海
责任印制	周　奇

出版发行	四川文艺出版社（成都市槐树街2号）
网　　址	www.scwys.com
电　　话	028-86259287（发行部）　028-86259303（编辑部）
传　　真	028-86259306
邮购地址	成都市槐树街2号四川文艺出版社邮购部　610031
排　　版	四川最近文化传播有限公司
印　　刷	成都新千年印务有限公司
成品尺寸	142mm×210mm　1/32
印　　张	11.5	字　数　230千
版　　次	2017年12月第一版　　印　次　2017年12月第一次印刷
书　　号	ISBN 978-7-5411-4319-9
定　　价	48.00元

版权所有·侵权必究。如有质量问题，请与出版社联系更换。028-86259301

谨以此书留下一片诗歌的土地,
以及在这片土地上行走过的诗歌脚印。

百年之约：唤醒的时光与诗意（代序）

龚静染

1917年2月，胡适先生在《新青年》发表白话诗《两只蝴蝶》，被学界认为是中国现代诗歌之肇始。今年正好是新诗百年，各种纪念活动在陆续举办，我居住的成都也搞了一系列的诗歌活动，声势不小。这期间我专门写了一篇名为《'萤！你造的光'——诗人叶伯和先生纪略》的长文，来纪念这位四川最早的新诗实践者，这是国内第一次最为详细、客观地介绍这位被长期遮蔽的开创性诗人，他出版的《诗歌集》仅仅比胡适的《尝试集》晚两个月，所以我用"萤"来比喻他曾用微弱的光芒划亮过新诗的天空。这篇文章的价值在于为四川的新诗百年找到了回顾的源头，而借着这样的时间节点，是重新梳理中国新诗历史，反思新诗发展之路，重估诗人作品及其艺术价值的一个契机。

从地理上讲，乐山偏于西南，是一个千年古城，看起来远离新文化中心，但它在新诗百年中却有着不同寻常的地位，那是因为这个地方跟当年的新诗大潮是相呼应的，与新诗的脉络是相通的。而更重要的是，在其间有几个乐山人的身影是不能被忽视的，他们已经光亮地、巨大地投射到了中国新诗历史的背景墙上。当然，乐山也因为这些诗人而不同凡响，他们都是从乐山走出来的，为乐山带来了巨大的声誉。同时，在20世纪八九十年代风起云涌的现代诗潮中,乐山作为巴蜀诗群一个重要的组成部分,以其独特的川南地域文化气质抒写了绚烂多彩的诗篇,所以乐山的新诗百年是值得浓墨重彩地写上一笔的,而编辑出版《乐山百年新诗选》的意义就在于回顾与展望,提供一个以时间为线索、以文本为尺度的选本,留下在乐山这片土地上行走过的诗歌脚印。

在乐山籍的诗人中,最重要的当属郭沫若,他是中国新诗的奠基人之一,在中国新诗史上他占着极重的分量。他的诗集《女神》堪称中国新诗的奠基之作,被视为"五四时代狂飙精神的文学再现",一个新的时代几乎都是最先呼唤着浪漫主义诗情的来临,而《女神》让新诗的火苗在旧文学中得以熊熊燃烧,并光耀于新文学的天空。有人曾称郭沫若是"伟大的'五四'启蒙时代的诗歌方面的代表者,新中国的预言诗人"(周扬《郭沫若和他的〈女神〉》),也有人称郭沫若是 "百年新诗的状元"(谢冕《百年新诗排序,郭沫若/艾青/徐志摩》)、"桂冠诗人"(程光炜《解读"桂冠诗人"郭沫若的内心世界》),这些评价其实是比较客观的,细数百年过往诗人,在思想精神层面那样广泛、猛烈、持久地影响过中国诗歌的,确实难以找出一二人来与之相比。当然,由于郭沫若的存在,乐山在一定程度上被视作中国新诗一块特殊的土壤,而这个文化巨匠背后的地缘背景也就成为了后世研究者们恒久的课题。不过,郭沫若的后半生为人诟病者甚多,相信他今后也会成为文化与人性批判中的鲜活个案。郭沫若特殊时期的"政治打油诗",也许正是荒诞时代的真实反映,在今天对这一文学现象和精神现象的深入探究,也许比对它的彻底否定更有意义。但瑕不掩瑜，郭沫若在中国新诗上的独特贡献是不能被抹杀的，这也是我们在重温新诗走过的百年历程中需要的价值判断和立场。

陈敬容的出现无疑让乐山诗歌再抹上了一层亮色，在当年她是个传奇女子，人生经历颇为丰富，有幸的是我曾于20世纪80年代初的乐山玉堂街与她有一面之缘，而那时她是以"归来者"的形象出现的。陈敬容出生于1917年，正好是新诗萌芽的那一年，可能这也预示了她的一生在诗歌道路上的不平凡。实际上她成长的时期，新文化运动如火如荼，新诗受西方诗歌的影响日盛，中国新诗正在接受现代性的输入，而就在这个过程中，陈敬容的青春与诗歌的现代思潮遭遇了。也就是说在她的精神资源中，西方文化成为了唤醒她生命之诗的助燃剂，而这一时期正好与郭沫若时代的狂飙猛进形成了反差，诗艺的细腻与风格的纷呈把一些优秀的诗人推到了前台。陈敬容成为"九叶诗派"中的佼佼者不是偶然，这是一个具有现代主义倾向的诗歌流派，里面的主要成员如辛笛、穆旦、郑敏、袁可嘉等都已成为中国新诗早期的杰出代表。这个群体的诗歌成就是有目共睹的，所以陈敬容的文学视野极为开阔，具有深刻的现代文学意识，而正是有着这样艺术自觉，才让她在经历了"文革"浩劫后仍然延续着持久、鲜活的诗歌生命，保持着诗歌探索的先锋姿态。毫无疑问，她是中国早期一位优秀的现代主义诗人，同时也是在诗歌抒情艺术上最为出色的女性诗人之一，而特别是后者，在20世纪三四十年代那个特殊的历史氛围下，她的作品中呈现的女性意识是极为重要的，而遗憾的是至今仍然没有多少人意识到这点，陈敬容的诗歌价值也未完全得到彰显。在今年举办的2017成都首届国际诗歌周中，我作为策划人之一，专门将陈敬容的名作《窗》选到了开幕式中朗诵，我想这是对她在中国新诗中的贡献的致敬。

在抗战时期，乐山作为大后方成为了西迁重镇，当时的嘉州风云际会、群贤毕集，文学艺术一度得到了从来没有过的繁盛。这一时期的诗歌创作，当时的青年诗人邹绛比较有代表性，如《破碎的城市》一诗就是他在1943年就读于西迁到乐山的武汉大学时期写的，其场景是登上了龙神祠眺望乐山城区，这是一首个人、城市、国家情怀交织的感奋之作，可贵的是，他的诗歌创作是在校园里进行的，还为抗战历史时期提供了一份地方人文记忆。邹绛1922年3月生于乐山五通桥，他的主要成就是在翻译方面，虽然他也是国内著名诗歌研究学者，但他早期的诗歌鲜为人知，在过去的各种选本中均未收录其作品。值得一提的是，在编辑《乐山百年新诗选》的过程中，我们专门进行了打捞和补救，通过西南师范大学新诗研究所（他曾经的工作单位），找到了邹绛当年发行极微的个人诗集，从中选出了有代表性的诗作，让大家重新去认识一位曾经活跃于20世纪40年代的校园诗人，我想这也是纪念新诗百年的应有之义。

在乐山诗群20世纪50年代后写作的重要诗人中，首先要提到的是梁南。梁南是峨眉山人，出生于1925年，早年参军入伍，但实际上他是最早受新诗潮影响的一代人，同时也是天然具有浓烈的家国情怀的一代人。但在1949年后，他们这代诗人中出现了两种不同的命运，一种是去台湾后继续现代诗歌实践，但根是五四诗歌传统，此如纪弦、覃子豪、痖弦等；一种是在大陆经历了长期政治漂洗，又在历次运动中受到冲击的一批诗人，此如邵燕祥、公刘、白桦等。梁南属于后者，他一生坎坷，多灾多难，但也可能正是因为苦难让他的诗歌获得了一种人性的高度和独特的审美。梁南的诗是幸存者的歌唱，带着岁月的厚重、生命的透彻和思想的锐利，他是在中国文学经历了一段空白之后的最早发声者之一，所以他的声音是悲悯的，也是高亢的，这也注定了其作品带着深刻的时代性，为新时期文学留下了一份有血有肉的诗歌见证。

在梁南稍后一些的乐山诗人中，周纲也具有一定的代表性。他的诗集《大渡河情思》（列入四川人民出版社"四川诗丛"第二辑）是20世纪70年代后期中国文学面临转型的样本之一，这本诗集出版于1983年，当时与他一起出诗集的诗人如流沙河、胡笳、戴安常等基本都已经步入中年，而这一年周纲也年满50岁。对于一个诗人而言，经历了大半生的文学荒芜，面对已失的青春年华，他们的内心是复杂的，而诗行是滚热的。这是一个特殊的诗人群，他们是站在贫瘠的诗歌土地上的反思者，也是刚刚来临的文学春天的拥抱者，所以从本质上讲，这些诗人是最为真诚的诗歌回归的呼唤者。周纲这一代诗人的有价值写作与朦胧诗派那一批"崛起的诗群"几乎是同期的，而显然那些诗人要年轻很多，他们在对社会批判的力度、对人性的高扬以及对诗艺的探索等方面更为大胆、有力，其诗歌的影响也更为广泛和深远。也就是说，周纲这一代诗人的文学命运注定是曲折而沉重的，他们处在一个短暂的过度时期，在文学史上可能留不下什么东西，但若论诗人个体生命价值以及在其作品中的呈现，仍然值得后人去研究和反思。

　　整个20世纪80年代是中国诗歌的黄金时代，古老的乐山跟中国的现代诗潮是合拍的，这一时期的诗人众多，诗派林立，诗作铺天盖地而来的景象同时在乐山也能见到。我们可以发现，在那一时期乐山诗人同外界的诗人联系广泛，信息通畅，这得益于民间性质的互访和地下刊物的流通。当年宋渠、宋炜兄弟虽然深居沐川，但诗名远扬，海子曾独自寻访至此谈诗论道，这不得不说那个时代颇具竹林七贤的遗韵，心灵与写作的自由为诗歌大开天窗。有个有趣的现象，由于诗人的活跃，四川被视为诗歌重镇，乐山自然也成为了其中的一部分，有不少诗歌名篇、诗人故事，甚至诗歌事件都出自或发生在乐山，乐山是蜀地诗歌的风水宝地一说似乎很能够找到充足的理由。更为重要的是，乐山具有川南丘陵地带的氤氲气息，山灵水秀，在古代就是诗歌的繁盛之地，而这份自然馈赠转换成了诗人的精华内蕴；同时，又不得不说到岷江古音对诗歌语言的神秘影响，马悦然（瑞典汉学研究者，翻译家，诺贝尔文学奖终身评委之一）当年寻觅于此，独缺了对当代乐山极具个性的诗歌文本的细微考察。可以说，诗歌场域的偏远与隐秘，不仅为诗人提供了清逸的容身之处，可能也有助于诗人发出天地真声。

　　从20世纪90年代到现在，由于社会生活的变迁，80年代诗歌运动的热闹场面迅速过去，但我认为诗歌逐渐成熟了，微观诗学的呈现更为活跃，诗歌回到了更为个人的精神领域。激流之后，源远流长的诗歌在大部分时间是平静流水，也许我们正处在这样一个时期。乐山的优秀诗人不少，限于篇幅就不再做蜻蜓点水的评论,其实我的意思是新诗百年相对于古诗历史而言,仍然是个极其短暂的时间,仍然只能算是新生事物,对其间的诗人、诗作的评判还远未形成一套牢固可靠的评论标准,此其一。二是当代诗歌仍然在嬗变之中,特别是新新诗人的不断涌现,都在诗歌观念、写作实践上突破我们的审美视线,我们常常会产生落伍的尴尬,但反过来也证明诗歌的未来值得期待。也正是从这个意义上,我把对同代诗人的评价留给未来,也许这才是明智的做法。那么,这本《乐山百年新诗选》的编辑出版就没有独具慧眼的自居,而是坦承其中可能存在的相对、局限甚至失误,虽然这个重要的时间节点为我们提供了有利的措辞,但我们还是应该为那些未选入的诗人和诗歌表达歉意。诗歌在人心,诗歌在路上,庶几这又将成为我们下一次时光与诗意的百年之约。

2017年12月14日于成都

目录

19世纪90年代
 郭沫若诗选（十首）   002

20世纪00年代
 曹葆华诗选（五首）   026

20世纪10年代
 陈敬容诗选（十四首）   036

20世纪20年代
 邹绛诗选（七首）   054
 梁南诗选（六首）   062

20世纪30年代
 周纲诗选（四首）   070
 采罗诗选（三首）   080
 叶簌诗选（四首）   084

20世纪40年代
 李希容诗选（五首）   092
 雪川诗选（五首）   096

20世纪50年代

姜力挺诗选（五首） 108

龚盖雄诗选（三首） 114

葱葱湖诗选（四首） 123

林和生诗选（三首） 130

侗肄诗选（四首） 136

冯庆川诗选（三首） 141

枫叶诗选（六首） 148

朱仲祥诗选（四首） 156

20世纪60年代

李小平诗选（四首） 164

徐澄泉诗选（八首） 171

飘飘诗选（四首） 179

徐燕平诗选（四首） 183

宋渠、宋炜诗选（十首） 187

潇潇诗选（十首） 198

龚静染诗选（十首） 211

阿洛夫基诗选（八首） 225

20世纪70年代

韩冰诗选（五首） 234

龙小龙诗选（四首） 239

罗国雄诗选（十首） 245

程川诗选（五首） 258

老非诗选（四首） 263

贝史根尔诗选（四首） 268

朱巧玲诗选（四首） 273

彭飒诗选（四首） 280

沙雁诗选（四首） 285

阿炉·芦根诗选（八首） 291

阿索拉毅诗选（四首） 298

王学东诗选（五首） 304

李静诗选（四首） 309

20世纪80年代

李斌诗选（四首） 316

廖淮光诗选（八首） 320

税剑诗选（三首） 327

郑国耀诗选（五首） 335

20世纪90年代

余幼幼诗选（十首） 340

19世纪90年代

郭沫若诗选(十首)

地球,我的母亲

地球,我的母亲!
天已黎明了,
你把你怀中的儿来摇醒,
我现在正在你背上匍行。

地球,我的母亲!
你背负着我在这乐园中逍遥。
你还在那海洋里面,
奏出些音乐来,安慰我的灵魂。

地球,我的母亲!
我过去,现在,未来,
食的是你,衣的是你,住的是你,
我要怎么样才能够报答你的深恩?

地球,我的母亲!
从今后我不愿常在家中居住,
我要常在这开旷的空气里面,
对于你,表示我的孝心。

地球，我的母亲！
我羡慕你的孝子，田地里的农人，
他们是全人类的保母,
你是时常地爱抚他们。

地球，我的母亲！
我羡慕你的宠子，炭坑里的工人，
他们是全人类的普罗美修士①，
你是时常地怀抱着他们。

地球，我的母亲！
我想除了农工而外，
一切的人都是不肖的儿孙，
我也是你不肖的儿孙。

地球，我的母亲！
我羡慕那一切的草木，我的同胞，你的儿孙，
他们自由地，自主地，随分地，健康地，
享受着他们的赋生。

地球，我的母亲！

---

① 普罗美修士（Prometheus），通译为普罗米修斯，古希腊神话中的神。

我羡慕那一切的动物,尤其是蚯蚓——
我只不羡慕那空中的飞鸟:
他们离了你要在空中飞行。

地球,我的母亲!
我不愿在空中飞行,
我也不愿坐车,乘马,著袜,穿鞋,
我只愿赤裸着我的双脚,永远和你相亲。

地球,我的母亲!
你是我实有性的证人,
我不相信你只是个梦幻泡影,
我不相信我只是个妄执无明。

地球,我的母亲!
我们都是空桑中生出的伊尹,
我不相信那缥缈的天上,
还有位什么父亲。

地球,我的母亲!
我想这宇宙中的一切都是你的化身:
雷霆是你呼吸的声威,
雪雨是你血液的飞腾。

地球,我的母亲!
我想那缥缈的天球,是你化妆的明镜,
那昼间的太阳,夜间的太阴,
只不过是那明镜中的你自己的虚影。

地球,我的母亲!
我想那天空中一切的星球,
只不过是我们生物的眼球的虚影;
我只相信你是实有性的证明。

地球,我的母亲!
已往的我,只是个知识未开的婴孩,
我只知道贪受着你的深恩,
我不知道你的深恩,不知道报答你的深恩。

地球,我的母亲!
从今后我知道你的深恩,
我饮一杯水,纵是天降的甘霖,
我知道那是你的乳,我的生命羹。

地球,我的母亲!
我听着一切的声音言笑,
我知道那是你的歌,
特为安慰我的灵魂。

地球,我的母亲!
我眼前一切的浮游生动,
我知道那是你的舞,
特为安慰我的灵魂。

地球,我的母亲!
我感觉着一切的芬芳彩色,
我知道那是你给我的玩品,
特为安慰我的灵魂。

地球,我的母亲!
我的灵魂便是你的灵魂,
我要强健我的灵魂,
用来报答你的深恩。

地球,我的母亲!
从今后我要报答你的深恩,
我知道你爱我还要劳我,
我要学着你劳动,永久不停!

地球,我的母亲!
从今后我要报答你的深恩,
我要把自己的血液来

养我自己,养我兄弟姐妹们。

地球,我的母亲!
那天上的太阳——你镜中的影,
正在天空中大放光明,
从今后我也要把我内在的光明来照照四表纵横。

1919年12月末作

(发表于1920年1月6日上海《时事新报·学灯》)

光　海

无限的大自然,
成了一个光海了。
到处都是生命的光波,
到处都是新鲜的情调,
到处都是诗,
到处都是笑:
海也在笑,
山也在笑,
太阳也在笑,
地球也在笑,
我同阿和,我的嫩苗,

同在笑中笑。

翡翠一样的青松,
笑着在把我们手招。
银箔一样的沙原,
笑着待把我们拥抱。
我们来了。
你快拥抱!
我们要在你怀儿的当中,
洗个光之澡!

一群小学的儿童,
正在沙中跳跃:
你撒一把沙,
我还一声笑;
你又把我推翻,
我反把你揎倒。
我回到十五年前的旧我了。

十五年前的旧我呀,
也还是这么年少,
我住在青衣江上的嘉州,
我住在至乐山下的高小。
至乐山下的母校呀!

你怀儿中的沙场,我的摇篮,
可还是这么光耀?
唉!我有个心爱的同窗,
听说今年死了!

我契己的心友呀!
你蒲柳一样的风姿,
还在我眼底留连,
你解放了的灵魂,
可也在我身旁欢笑?
你灵肉解体的时分,
念到你海外的知交,
你流了眼泪多少?……

哦,那个玲珑的石造的灯台,
正在海上光照,
阿和要我登,
我们登上了。
哦,山在那儿燃烧,
银在波中舞蹈,
一只只的帆船,
好像是在镜中跑,
哦,白云也在镜中跑,
这不是个呀,生命底写照!

阿和，哪儿是青天？

他指着头上的苍昊。

阿和，哪儿是大地？

他指着海中的洲岛。

阿和，哪儿是爹爹？

他指着空中的一只飞鸟。

哦哈，我便是那只飞鸟！

我便是那只飞鸟！

我要同白云比飞，

我要同明帆赛跑。

你看我们哪个飞得高？

你看我们哪个跑得好？

(发表于1920年3月19日上海《时事新报·学灯》)

天上的街市

远远的街灯明了，

好像闪着无数的明星。

天上的明星现了，

好像点着无数的街灯。

我想那缥缈的空中,
定然有美丽的街市。
街市上陈列的一些物品,
定然是世上没有的珍奇。

你看,那浅浅的天河,
定然是不甚宽广。
那隔河的牛郎织女,
定能够骑着牛儿来往。

我想他们此刻,
定然在天街闲游。
不信,请看那朵流星,
那怕是他们提着灯笼在走。

1921年10月24日

(发表于1922年3月出版的《创造季刊》第1卷第1期)

炉中煤
——眷念祖国的情绪

啊,我年青的女郎!
我不辜负你的殷勤,

你也不要辜负了我的思量。
我为我心爱的人儿
燃到了这般模样!

啊,我年青的女郎!
你该知道了我的前身?
你该不嫌我黑奴卤莽?
要我这黑奴的胸中,
才有火一样的心肠。

啊,我年青的女郎!
我想我的前身
原本是有用的栋梁,
我活埋在地底多年,
到今朝总得重见天光。

啊,我年青的女郎!
我自从重见天光,
我常常思念我的故乡,
我为我心爱的人儿
燃到了这般模样!

1920年1、2月间作

(发表于1920年2月3日上海《时事新报·学灯》)

霁　月

淡淡地，幽光
浸洗着海上的森林。
森林中寥寂深深，
还滴着黄昏时分的新雨。

云母面就了般的白杨行道
坦坦地在我面前导引，
引我向沉默的海边徐行。
一阵阵的暗香和我亲吻。

我身上觉着轻寒，
你偏那样地云衣重裹，
你团圞无缺的明月哟，
请借件缟素的衣裳给我。

我眼中莫有睡眠，
你偏那样地雾帷深锁。
你渊默无声的银海哟，
请提起幽渺的波音和我。

（发表于1920年9月7日上海《时事新报·学灯》）

心 灯

连日不住的狂风,
吹灭了空中的太阳,
吹熄了胸中的灯亮。
炭坑中的炭块呀,凄凉!

空中的太阳,胸中的灯亮,
同是一座公司底电灯一样:
太阳万烛光,我是五烛光,
烛光虽有多少,亮时同时亮。

放学回来我睡在这海岸边的草场上,
海碧天青,浮云灿烂,衰草金黄。
是潮里的声音?是草里的声音?
一声声道:快向光明处伸长!

有几个小巧的纸鸢正在空中飞放,
纸鸢们也好像欢喜太阳:
一个个恐后争先,争先恐后,
不断地努力、飞扬、向上。

更有只雄壮的飞鹰在我头上飞航,
他在闪闪翅儿,又在停停桨,

他从光明中飞来,又向光明中飞往,
我想到我心地里翱翔着的凤凰。

1920年2月初作

(发表于1920年2月2日上海《时事新报·学灯》)

《星空》献诗

啊,闪烁不定的星辰哟!
你们有的是鲜红的血痕,
有的是净朗的泪晶——
在你们那可怜的幽光之中
含蓄了多少沉深的苦闷!

我看见一只带了箭的雁鹅,
啊!它是个受了伤的勇士,
它偃卧在这莽莽的沙场之时
仰望着那闪闪的幽光,
也感受了无穷的安慰。

眼不可见的我的师哟!
我努力地效法了你的精神:
把我的眼泪,把我的赤心,

编成了一个易朽的珠环,

捧来在你脚下献我悃忱。

1922年12月24日夜,星影初现时作此

(本篇收入1923年10月出版的《星空》初版本)

晨 安

晨安!常动不息的大海呀!

晨安!明迷恍惚的旭光呀!

晨安!诗一样涌着的白云呀!

晨安!平匀明直的丝雨呀!诗语呀!

晨安!情热一样燃着的海山呀!

晨安!梳人灵魂的晨风呀!

晨风呀!你请把我的声音传到四方去吧!

晨安!我年青的祖国呀!

晨安!我新生的同胞呀!

晨安!我浩荡荡的南方的扬子江呀!

晨安!我冻结着的北方的黄河呀!

黄河呀!我望你胸中的冰块早早融化呀!

晨安!万里长城呀!

啊啊!雪的旷野呀!

啊啊！我所畏敬的俄罗斯呀！

晨安！我所畏敬的Pioneer①呀！

晨安！雪的帕米尔呀！

晨安！雪的喜玛拉雅呀！

晨安！Bengal的泰戈尔翁②呀！

晨安！自然学园里的学友们呀！

晨安！恒河呀！恒河里面流泻着的灵光呀！

晨安！印度洋呀！红海呀！苏彝士的运河呀！

晨安！尼罗河畔的金字塔呀！

啊啊！你早就幻想飞行的达·芬奇呀！

晨安！你坐在万神祠前面的"沉思者"③呀！

晨安！半工半读团的学友们呀！

晨安！比利时呀！比利时的遗民呀！

晨安！爱尔兰呀！爱尔兰的诗人呀！

啊啊！大西洋呀！

晨安！大西洋呀！

晨安！大西洋畔的新大陆呀！

晨安！华盛顿的墓呀！林肯的墓呀！惠特曼的墓呀！

啊啊！惠特曼呀！惠特曼呀！太平洋一样的惠特曼呀！

啊啊！太平洋呀！

---

① 先驱者。

② 作者原注：泰戈尔（Tagore，1861—1941），印度诗人和哲学家，曾在孟加拉省显替尼克丹森林中创设和平大学，主张将生活与教育融化在自然中，并以为调和东西文化可以为国际和平制造基础。

③ 作者原注：法国近代雕刻家罗丹的作品，安置在巴黎万神祠前。

晨安！太平洋呀！太平洋上的诸岛呀！太平洋上的扶桑呀！

扶桑呀！扶桑呀！还在梦里裹着的扶桑呀！

醒呀！Mésamé①呀！

快来享受这千载一时的晨光呀！

1920年1月间作

（发表于1920年1月4日上海《时事新报·学灯》）

峨嵋山上的白雪

峨嵋山上的白雪

怕已蒙上了那最高的山巅？

那横在山腰的宿雾

怕还是和从前一样的蜿蜒？

我最爱的是在月光之下

那巍峨的山岳好像要化成紫烟；

还有那一望的迷离的银霭

笼罩着我那寂静的家园。

啊，那便是我的故乡，

---

① 日文汉字"目击"的读音，意为醒。

我别后已经十有五年。
那山下的大渡河的流水
是滔滔不尽的诗篇。

大渡河的流水浩浩荡荡，
皓皓的月轮从那东岸升上。
东岸是一带常绿的浅山，
没有西岸的峨嵋那样雄壮。

那渺茫的大渡河的河岸
也是我少年时爱游的地方；
我站在月光下的乱石之中，
要感受着一片伟大的苍凉。

啊，那便是我的故乡，
我别后已经十有五年。
在今晚的月光之下，
峨嵋想已化成紫烟。

1928年1月8日

（本篇收入1928年3月出版的诗集《恢复》）

春莺曲

姑娘呀,啊,姑娘,
你真是慧心的姑娘!
你赠我的这枝梅花
这样的晕红呀,清香!

这清香怕不是梅花所有?
这清香怕吐自你的心头?
这清香敌赛过百壶春酒。
这清香战颤了我的诗喉。

啊,姑娘呀,你便是这花中魁首,
这朵朵的花上我看出你的灵眸。
我深深地吮吸着你的芳心,
我想吞下呀,但又不敢动口。

啊,姑娘呀,我是死也甘休,
我假如是要死的时候,
啊,我假如是要死的时候,
我要把这枝花吞进心头!

在那时,啊,姑娘呀,
请把我运到你西湖边上,

或者是葬在灵峰,
或者是放鹤亭旁。

在那时梅花在我的尸中
会结成五个梅子,
梅子再迸成梅林,
啊,我真是永远不死!

在那时,啊,姑娘呀,
你请提着琴来,
我要应着你缭绕的琴音,
尽量地把梅花乱开!

在那时,有识趣的春风,
把梅花吹集成一座花冢,
你便和你的提琴
永远弹弄在我的花中。

在那时,遍宇都是幽香,
遍宇都是清响,
我们俩藏在暗中,
黄莺儿飞来欣赏。

黄莺儿唱着欢歌,

歌声是赞扬你我,

我便在花中暗笑,

你便在琴上相和。

(本篇原载于1926年《创造月刊》)

郭沫若(1892—1978),男,原名郭开贞,字鼎堂,号尚武,乳名文豹,笔名沫若、麦克昂、郭鼎堂、石沱、高汝鸿、羊易之等。1892年11月16日生于四川省乐山县沙湾。1906年入嘉定高等学堂学习。1914年,郭沫若留学日本,在九州帝国大学学医。1919年,五四运动爆发,在日本福冈发起组织救国团体夏社,投身于新文化运动,写出了《凤凰涅槃》《地球,我的母亲》《炉中煤》等诗篇。1921年,出版第一本新诗集《女神》,成为中国新诗的奠基之作,郭沫若也因而成为中国新诗的重要奠基人之一;同年,又与成仿吾、郁达夫等人一同创立上海文学学社"创造社",是新文化运动的重要旗手。

1949年,郭沫若当选为中华全国文学艺术界联合会主席。1958年9月至1978年6月,任中国科学院首任院长、中国科学技术大学首任校长、中央人民政府委员、政务院副总理、文化教育委员会主任、全国人民代表大会常务委员会副委员长、中国科学院哲学社会科学部主任、历史研究所第一所所长、中国人民保卫世界和平委员会主席、中日友好协会名誉会、中国文联主席等要职,当选中国共产党第九、第十、第十一届中央委员,第二、第三、第五届全国政协副主席。

1978年6月12日在北京逝世,终年86岁。曾主编《中国史稿》和《甲骨文合集》,全部作品编成《郭沫若全集》38卷。

20世纪00年代

曹葆华诗选（五首）

沉 思

黄昏离开了苍老的渡头，几点渔火
在古崖下嘤嘤哭泣；深谷里吐来一阵
松风，邀出了江心凄冷的明月。这时候
我握着心思，静立水边，想照出我灵魂
本来的面目。——它是否如魔鬼般丑恶，应在
人间的地狱里遭痛苦鞭挞；或者像白莲花
皎洁，沉没在污水中忍受着沙虫剥蚀。
怎么我渡过了青春的韶华，快乐于我
还是个陌生；这二十余年悠长的岁月，
每一分每一秒都染着沉黑的悲哀；并且
这辽阔的世上，几尺闲适的空间，我也
未曾寻获着。——正这样深思，遥远处忽来
几声寺钟，在我黯淡的心中添上阴霾，
正如夜色的苍茫，弥漫在死寂的江上。

五桥泛舟

夕阳染红了白色帆篷，

满舱载着和舒的春风;
我划着船儿徐徐漫游,
像一朵白云天空飘动。

西天张贴着一片金黄,
两岸桃花在水中荡漾;
深山里送来几阵犬声,
轻轻招出满湖的花香。

我不禁俯首默默思量,
我是在人间,还是在天上?
忽然船头袭来了急雨,
催起我摇桨向着堤旁。

编者注:五桥是四川乐山五通桥的简称。

雪道上
——去延安途中

雪在飞,雪在跳,雪在笑
雪在歌唱这西北的日子

白茫茫,白茫茫的一大片

融合了头上的天,脚下的地
千百里不见草木的山峦
只留下三个黝黑的影子
在漫长的沉寂的小道上
牵着一匹小小的黑毛驴
(驴背上有他们独一的行囊)
面朝朔风正向坡上走,走
每一个脚步记取着时刻
每一个呼吸吐出了向往
而且三个不同年岁的心
同燃着夏天火热的太阳
向着北方,向着遥远的北方……

雪在飞,雪在跳,雪在笑
雪在歌唱这西北的日子

送

一

你去了
顶着太阳
而且御着黄沙

躺在卡车上
拉着自己
黑黑的长长的影子
而去了

你将过剑阁
天下第一险道
看月落乌啼霜满天
你将翻过秦岭
西北高耸的峰峦
照山云如雾月如盘

你将入长安
中华文化的古宫
拾取一个个荒唐梦

然而我想
你的年轻的心
飘忽而浪漫的心
将不在这些
不在这些

二

因为历史指针
昭示我们
没有战斗
将没有人生
没有社会
没有世界与宇宙

因为时代的洪流
冲击我们
失落自由
将失落意志
失落信念
失落存在于呼吸

所以你离别了
胡子的爸爸
笑脸的妈妈
所以你撒开了
诚实的兄弟
顽皮的妹妹
所以你舍弃了
聊天的友伴

文化的同志

所以你去了
向着伟大的西北
二十世纪的耶路撒冷

三

当炎热的七月
烧红了你的头发
你不忆念
浓荫丛下
吹拂的凉风吗

当大好的黄昏
照出了你的苦脸
你不怀想
春熙路上
飘闪的眼睛吗

当大漠的风沙
压住了你的呼吸
你不眷恋
书院小楼
温柔的摩抚吗

四

今天我扬起
半方白色手巾
向着太阳挥送你
明天你高举
一方红色小旗
对着晚风招迎我

在西北长天下
在西北流沙中
在西北燃着烽火
烧红了太阳
蒸沸了血液
广大无边的平原上

她这一点头

她这一点头，
是一杯蔷薇酒；
倾进了我的咽喉，
散一阵凉风的清幽；

我细玩滋味，意态悠悠，
像湖上青鱼在雨后浮游。

她这一点头，
是一只象牙舟；
载去了我的烦愁，
转运来茉莉的芳秀；
我伫立台阶，情波荡流，
刹那间瞧见美丽的宇宙。

> 曹葆华（1906—1978），男，汉族，四川乐山人。中学毕业后就读于清华大学文学系，1931年入该校研究院，同时期开始文学创作，1935年毕业，出版《寄诗魂》《落日颂》等诗集，翻译梵乐希的《现代诗论》、瑞恰慈的《科学与诗》等诗论。1939年赴延安，任鲁迅艺术学院文学系教员。后在中共中央宣传部翻译马恩列斯著作，译有专著《马恩列斯论文艺》《苏联的文学》《苏联文学问题》《列宁》《斯大林论文化》《历史唯物主义与辩证唯物主义》《自然辩证法》《莎士比亚论》（莫罗佐夫著）等。历任中共中央宣传部翻译、翻译组长、编译处副处长，中共中央宣传部斯大林全集翻译室副主任，中国社科院外国文学研究所研究员。

20世纪10年代

陈敬容诗选（十四首）

窗

你的窗
开向太阳
开向四月的蓝天
为何以重帘遮住
让春风溜过如烟？

我将怎样寻找
那些寂寞的足迹
在你静静的窗前
我将怎样寻找
我失落的叹息？

让静夜星空
带给你我的怀想吧
也带给你无忧的睡眠
而我如一个陌生客
默默地走过你窗前

雨　后

雨后的黄昏的天空，
静穆如祈祷女肩上的披巾；
树叶的碧意是一个流动的海，
烦热的躯体在那儿沐浴。

我们避雨到槐树底下，
坐着看雨后的云霞，
看黄昏退落，看黑夜行进，
看林梢闪出第一颗星星。

有什么在时间里沉睡，
带着假想的悲哀？
从岁月里常常有什么飞去，
又有什么悄悄地飞来？

我们手握着手、心靠着心，
溪水默默地向我们倾听；
当一只青蛙在草丛间跳跃，
我仿佛看见大地在眨着眼睛。

1946年

力的前奏

歌者蓄满了声音
在一瞬的震颤中凝神

舞者为一个姿势
拼聚了一生的呼吸

天空的云、地上的海洋
在大风暴来到之前
有着可怕的寂静

全人类的热情汇合交融
在痛苦的挣扎里守候
一个共同的黎明

1947年

划　分

我常常停步于
偶然行过的一片风
我往往迷失于

偶然飘来的一声钟

无云的蓝空

也引起我的怅望

我啜饮同样的碧意

从一株草或是一棵松

待发的船只

待振的羽翅

箭呵，惑乱的弦上

埋藏着你的飞驰

火警之夜

有奔逃的影子

在熟悉的事物面前

突然感到的陌生

将宇宙和我们

断然地划分

1946年

珠和觅珠人

珠在蚌里，它有一个期待

它知道最高的幸福就是

给予,不是苦苦的沉埋

许多天的阳光,许多夜的月光

还有不时的风雨掀起巨浪

这一切它早已收受

在它的成长中,变作了它的

所有。在密合的蚌壳里

它倾听四方的脚步

有的急促,有的踌躇

纷纷沓沓的那些脚步

走过了,它紧敛住自己的

光,不在适当的时候闪露

然而它有一个期待

它知道觅珠人正从哪一方向

带着怎样的真挚和热望

向它走来;那时它便要揭起

隐秘的纱网,庄严地向生命

展开,投入一个全新的世界

1948年

出　发

当野草悄悄透青的时候，
有个消息低声传遍了宇宙——

是什么在暗影中潜生？
什么火，什么光，
什么样的战栗的手？
哦，不要问；不要管道路
有多么陌生，不要记起身背后
蠕动着多少记忆的毒蛇，
欢乐和悲苦、期许和失望……
踏过一道道倾圮的城墙，
让那死的世纪梦沉沉地睡。

当野草悄悄透青的时候，
有个消息低声传遍了宇宙——

时间的陷害拦不住我们，
荒凉的远代不是早已经
有过那光明的第一盏灯？
残暴的文明，正在用虚伪和阴谋，
虐杀原始的人性，让我们首先
是我们自己，每一种蜕变

各自有不同的开始与完成。

当野草悄悄透青的时候,
有个消息低声传遍了宇宙——

从一个点引伸出无数条线。
一个点,一个小小的原点,
它通向无数个更大的圆。
呵,不能让狡猾的谎话
把我们欺骗!让我们出发,
在每一个抛弃了黑夜的早晨。

1948年

夜 客

炉火沉灭在残灰里,
是谁的手指敲落冷梦?
小门上还剩有一声剥啄。

听表声的答,暂作火车吧,
我枕下有长长的旅程
长长的孤独。

请进来,深夜的幽客,

你也许是一只猫,一个甲虫,

每夜来叩我寂寞的门。

全没有了:门上的剥啄,

屋上的风。我爱这梦中的山水;

谁呵,又在我梦里轻敲……

假如你走来

假如你走来;

在一个微温的夜晚,

轻轻地走来,

叩我寂寥的门窗;

假如你走来,

不说一句话,

将你战栗的肩膀,

依靠白色的墙。

我将从沉思的坐椅中

静静地立起

在书页中寻出来
一朵萎去的花
插在你的衣襟上。

我也将给你一个缄默,
一个最深的凝望;
而当你又踽踽地走去,
我将哭泣——
是因为幸福,
不是悲伤。

雕塑家

你手下有汩汩的河流
把生命灌进本无生命的泥土,
多少光、影、声、色
终于凝定,
你叩开顽石千年的梦魂;

让形象各有一席:
美女的温柔,猛虎的力,
受难者眉间无声的控诉,
先知的睿智漾起

四周一圈圈波纹。

有时万物随着你一个姿势
突然静止；
在你的斧凿下，
空间缩小，时间踌躇，
而你永远保有原始的朴素。

1947年

抗　辩

是呵，我们应该闭着眼，
不问那不许问的是非；
我们知道我们的本分只有忍受
到最后；我们还得甘心地
交出一切我们的所有，
连同被砍杀后的一堆骨头。

当无情的刀斧企图斩尽
所有会发芽的草根，
可怜的人，你却还在痴心
想灌溉被诅咒的自由！

大地最善于藏污纳垢，
却容不下一粒倔强的种子，
尽管真理苦苦地哀求。
你愤怒、抗辩、咬碎你的牙齿——
那全是活该，你还得一样样挨过：
暴戾的风雨，惨毒的日头……

1948年

山和海

> 向看两不厌，唯有敬亭山。
> ——李白

高飞
没有翅膀
远航
没有帆

小院外
一棵古槐
做了日夕相对的
敬亭山

但却有海水

日日夜夜

在心头翻起

汹涌的波澜

无形的海啊

它没有边岸

不论清晨或黄昏

一样的深

一样的蓝

一样的海啊

一样的山

你有你的孤傲

我有我的深蓝

船舶和我们

在热闹的港口，

船舶和船舶

载着不同的人群，

各自航去；

大街上人们漠然走过，
漠然地扬起尘灰，
让语音汇成一片喧嚷，
人们来来去去，
紧抱着各自的命运。

但是在风浪翻涌的海面，
船舶和船舶亲切地招手，
当他们偶然相遇；
而荒凉的深山或孤岛上，
人们的耳朵焦急地
等待着陌生的话语。

1945年

捐　输

只是平凡中的平凡，
象一望青空，没有虹彩，
那深厚的沉默里多少蕴藏，
永远将宇宙万象深深地覆盖。

从太初鸿蒙到我们这风云世纪,
（哎，别提！）历史翻不尽一堆堆污泥；
想学原始巨人，荷一把犁锄，
深深挖进这文明的中心。

当所有的虚饰层层剥落，
将听到真理在暗中哀哭。
疾风骤雨，短暂的时辰，
为了化开云雾把一切捐输。

1947年

题罗丹作《春》

多少个寒冬、长夜，
岩石里锁住未知的春天，
旷野的风，旋动四方的
云彩，凝成血和肉，
等待，不断地等待……

应和着什么呼唤你终于
起来，跃出牢固的沉默，
扇起了久久埋藏的火焰？

一切声音战栗地
静息,都在凝神烦听——
生命,你最初和最后的语言。

原始的热情在这里停止了
叹息,渴意的嘴唇在这里才初次
密合;当生长的愿望
透过雨、透过雾,伴同着阳光
醒来,风不敢惊动,云也躲开。

哦,庄严宇宙的创造,本来
不是用矜持,而是用爱。

1948年

陈敬容(1917—1989),女,原名陈懿范,四川乐山人,"九叶派"著名诗人,笔名蓝冰、成辉。1932年春读初中时开始学习写诗,1934年年底只身离家前往北京,自学中外文学,并在北京大学和清华大学中文系旁听,同期开始发表诗歌和散文。1938年在成都参加中华全国文艺界抗敌协会;1945年在重庆任小学教师;1946年任杂志社和书局编辑,同年出版第一本散文集《星雨集》,并赴上海专事创

作与翻译。1948年参与创办《中国新诗》月刊,任编委。1949年在华北大学学习,历任最高人民检察院文书员、研究员,《世界文学》作品组组长,《人民文学》编辑。1981年至1984年曾为《诗刊》编选外国诗专栏。著有诗集《交响集》(1948)、《盈盈集》(1948)、《老去的是时间》(1983),《老去的是时间》曾获中国作协第二届优秀诗集奖。陈敬容是中国早期现代抒情女诗人的杰出代表,也是创作时间跨度最大、艺术生命最长的中国现代女诗人。

20世纪20年代

邹绛诗选(七首)

我愿我是一首诗

我愿我是一首诗,被人读了
又被人忘记,正如荒径上的枯叶
从前用低昂的绿叶向四方招引
人们惊奇的视线和赞美的话语
而现在,随同千百万纷飞的伙伴
落下来又和大地结合在一起……

让爱到田野来的人趁早来吧
沐着金黄难得的太阳光,缓缓地
从我和我的同伴们身上踏过去
我们将唱一支沙沙的挽歌,告诉
青春的血液流去了再不流回……

但当寒风举起无情的扫帚时
我们就只好匆匆地打着旋走了
让好心的农夫将我们收集起来吧
我愿我最后的躯壳焚化成软泥
能给来年的小春多添份绿意……

1942年11月于乐山

给缪斯眷顾的人

你曾以翱翔空间的恶魔自况
你曾写下轻快而明朗的诗篇
你曾自比作喇叭，要唤醒人间
你曾走海外，寻求慷慨的死亡

是的，人来自海洋又回归海洋
你们在陆上旅行也真像闪电
破开乌云层，破开窒息的长天
投给我们一道道炫目的哀伤

我们有无数的亲友，他们死了
我们曾哀哀地哭泣，他们也曾
哀哀地哭泣，当他们亲友死了

但你们，你们的悲哀却是永存
像夜的海上，孤灯点点地闪耀
像被风摇动的星群，泪光莹莹

1943年

温暖的泥土

我的眼睛生了等于没有生
虽然我也看见了人脸上的笑纹
狗在摇尾,报纸上学者的宏文
一个声音对我讲:这些都不真

我的耳朵生了等于没有生
虽然我也听到了一些人的笑声
狗在狂吠,理论家在高谈阔论
一个声音对我讲:这些都不真

但是,当我在这寂寞的深夜里
独自走到了郊外,躺下身来
而且用耳朵紧贴着温暖的泥土

于是我就听到了杂沓的脚步
从我的四周传来,而且不断在
我的眼前奔赴着黎明的世纪

1943年6月

(原载《现代文艺》第3卷第4期)

一个先死者的歌

我想着有一天我从地下醒来
发出无光的眼光,我将抬起腿
走向我曾爱过又恨过的时代
我要再一次将那些感情回味

沉默地我又回到你们身边了
我的亲爱的姊妹,亲爱的弟兄
我想问你们往日的话怎样了
我想再一次呼吸你们的空气

无声地为什么那么全不理我
你们匆忙地转着你们的影子
荒芜的园中不再有红的花朵
头上的太阳也只像一张白纸
于是我将静静地又躺在地上
好像我就从没有醒来过一样

1943年

破碎的城市

趁着傍晚我攀上这城市上面的
楼阁,但对着这云雾低漫的宇宙,
我却无法唱出我悦意的歌。

破碎的城市冷寂地躺在我脚下,
就像是古代湮没了的庞贝城一样,
而那黑色的暗哑的河流也在
她的身边几乎停止了搏动……

浓重的云雾压着对河的山,
压着没有钟声的庙宇,压着
蛰伏在每一个屋脊下面的灰暗
而噤住了喉舌的生物……

　　　　　　　我想唱歌,
我想唱一曲充沛着热力与光明的
歌,但对着云雾低漫的宇宙,
我却无法调整我自己的音律。

1942年于乐山龙神祠

最后的歌

许久的时日我们没有说话了
让我们依然远离着,依然沉默
许久的时日我们已经荒废了
请月光填起我们之间的空白

多少的愿望曾经抬头,抬起来
又即刻消散,只为了一丝温暖
或者又凝冻,低低地弯下身来
谁不早知道,千重万重的严寒

然而我将永远地向你哀诉吗
即使感伤也该有感伤的颜色
虽然我诉苦,却让我们沉默吧
请月光填起我们之间的空白

然而我却多么热烈地期望着
宁静地掉下来,一颗红熟的果

1943年

祖先和子孙

我行走在书与书之间,我看见
我的祖先自由地奔走在原野上
用弓箭用石器,捕获空中的飞鸟
地上的走兽和水里的各种生命
黑夜的火光前享受着他们的盛宴
赤热的红焰惊视着黝黑的裸体
口渴了,伏在溪边喝一通凉水
爬上枝叶茂密的树干……

我行走在书与书之间,我看见
我们的子孙快乐地散步在街市上
男女的胳膊相互地搭上,认识的
点点头,如果不认识那就微微
含着笑,好像天空中春天的太阳
他们的脚步引向着郊外、公园
运动场或是图书馆,这是下午
他们的工作早已在上午做完

1943年

邹绛(1922—1996),男,诗人、翻译家,原名邹德鸿,笔名郝去冰、沈乐。祖籍重庆巴县,生长于四川乐山五通桥。1938年开始发表作品,1944年毕业于武汉大学(乐山校部)外文系。历任中学教师,西南人民艺术学院、西南军区师范学校教师,《星星》诗刊编辑,西南师范大学教授,中国新诗研究所研究员,曾任四川翻译家协会主席。著有《现代格律诗选》,译著长篇小说《初升的太阳》,诗集《黑人诗选》《葡萄园和风》《苏赫·巴托尔之歌》《聂鲁达诗选》等。

梁南诗选（六首）

我幸运过

在时间的时间之外
我仍会记着你
你在历史梳妆盥洗的时候
与我昙花般相知相遇
几十年的等待之苦消解于一朝一夕
我的泪水成为击开花瓣的春雨
惊讶的笑在皱纹里深刻成一种标本
至今没有消失
头抬起来时，手与脚已属于自己
手可以伸出去探测冷暖的深浅
脚可以走出任何一个奴隶禁区
而后
再不会在冷盘里挑出横尸的苍蝇……
幸运不在乎多长多久
哪怕十万朵花只结一个果子
这个果子足可以成熟一座树林
幸运从不向人告知地址
遗失后也没有归期
别错过对面走来的幸运

任何幸运或许只有一次
一次!

我不怨恨

诱惑人的黎明,以玫瑰色的手
向草地赶来剽悍的马群。
草叶看到了自己的死亡,
亲昵地,仍伸向马的嘴唇。
马蹄踏倒鲜花,
鲜花,依旧抱住马蹄狂吻;
就像我被抛弃,
却始终爱着抛弃我的人。
啊,爱情太纯洁时产生了坚贞。
不知道:坚贞可能变为愚昧的天真;
我死死追着我所爱的人,
哪管脊背上鲜血滴下响声……
希望,总控制着我的眼睛。
我在风雨泥泞之途没有跌倒,
我在捶楚笞辱之中没有呻吟,
我在沉痛无边的暗夜,
心里总竖着十字架似的北斗星……
至今我没有怨恨,

没有；我爱得是那么深。
当我忽然被人解开反扣的绳索，
我才回头一看：啊！我的……人民！
两颗眼泪滴下来，
谢了声声，声声……

等　待

启明星暖香过我一次，在那个破晓，
有天傍晚，黄昏星将我坦率地引照。
太阳入晨前，我就接到弥襟的慰藉，
月亮透熟后等待便划出我持久的清晰。

但我等待的并不是淡淡的微光。不是。
我等待的是壮观的炼火红的太阳，
我同样等待水香的桂花香的月亮，
我的内在花枝需要感知光和热而燃烧。

时间在永恒流动中拖着彗星美丽的光羽
她所赐予我的闪光的等待使我知道
联系我们的是那洌洌的往昔，
信任地等待吧，我们永远不再抛弃

永远,轮子梦见阳关,摇橹默念水波,
永远,芦笛迷恋红唇,蒲公英羡慕流落
永远,果核请求葬礼,坠花许身浆果
永远,世界都在寻觅中等待,如我。

当我不再做等待者的时候,
我还要最后等待一次,
等待是思念在隆重开花,
我所等待的各种等待从未消失。

夜宿原始森林树上

逼近的嘶嚎围困着槭树
在野兽们眼里
我是非法越界的野兽
公然闯入林区
侵犯它们的领地

风雨茫然　时间茫然
时间是夜的移动
和雨的延续
是被雨淋湿的
再版多次的迷路记录

我还能想些什么　树上

没有路　树下的路

已被自己一条一条踩死

只能在树上暂时涅槃

享受原始林的孤独

树底　兽们要挟的话语

突然断了丝弦

整片森林在惊怖的颤抖中

听一只拨弄风暴的虎

呼啸而过

所有的呼吸

一下　都停止了

沉静的花萼上

托着花瓣惊落芬芳时的

痛哭

为"思想"画像

蝉在树上唱，唱我饮树汁的思想

鸽子远飞，替我在天地线画着弧光

雨落着,全落在心外
心上的船无法启碇远航
赤膊拉纤我也必须赶去,去看
桃花汛笑倒枯瘠的季节在一个早上

思想比空气神秘,没有足迹可见
谁也无法将它在枪口上控制
想开花就开花,想结果就结果
即使戴着镣铐,舞姿仍然美丽
对神圣的上帝,也敢于在有效射程内
射出一丸子弹,对准他齐天的背脊

黄桷树

我在纸上画着难忘的记忆
永是黄桷树下开花的雨具
柔淡一瞥,解除我久候的苦凄
你忙把我欢笑的脸收进伞去

你踩我的足迹,我踩你的足迹
不知走向哪里却欢天喜地
我们好像这样走了一辈子
尽管我始终在东,你始终在西

梁南（1925—2000），男，四川峨眉山人。20世纪40年代开始诗歌创作。1949年参加解放军，历任六十七军新华支社职员，一九九师政治部干事，华北军区空军政治部宣传部助理，军委空军政治部记者，《北方文学》编辑部主任，1983年调入黑龙江省作家协会任专业作家，文学创作一级。著有诗集《野百合》《爱的火焰花》《诱惑与热恋》《寄美人香草》《梁南自选集》，纪实文学集《来自炼狱的朝圣者》，随笔集《扒豆与随笔》，选集《中国当代作家文库·梁南集》等八部，文学评论及评论作品集十余部，并有百余首诗作入选多种选本。

20世纪30年代

周纲诗选(四首)

风萧萧兮易水寒

一

西向太行,衔枚疾进!
雪落平原静无声。
有几点灯火远远相迎,
有几声犬吠遥遥跟踪。
翻卷的红旗,明明灭灭
溅一路闪闪火星。
只因为经历了太多苦难,
多梦的平原,
夜夜深沉。
在这条坎坎坷坷的路上,
走过多少西域的兵马,
东瀛的车轮……

路越走越远,历史越走越近。
纷扬五千年的雪花,
掩盖了半部叹息的史记,
搅散了一个世纪的枪声。

沉重的不是枪支弹药，
太行上肩着，
中国的雄魂。
往后传：跟上！

二

易水结了冰，封冻了
燕国所有的泪泉。
邯郸大火又融它为血，
染红七尺长缨。

先于城垣倒塌的，
是黄金筑的高台。
一幅地图立着一颗
血淋淋的头颅；
一把匕首藏着一双
火辣辣的眼睛。

……壮士远去了，
四十万片颅骨，
装饰了秦政的冠冕；
……我们走近了，
路过凋谢的蔷薇，

日落的黄昏。

三

一曲悲歌，
悬在士兵头顶，
二十年不散的枪声，
聚为一片冻云。

沧桑呻吟。
不必再寻
那颗星，
那浪迹神州的孤魂。

军旅生涯，原来是
一条鸣响的弦。
生也铮铮！
死也铮铮！

四

山也峥嵘！水也峥嵘！
我们终于攀上
高高的狼牙山顶。

黎明一声军号,
迎送九万里一路鸡鸣。

山西山东都是好风景,
河南河北响遍自由之声。
风景就是历史,
人在风景里,
听自己的心跳!

折一枝狼牙的松柏,
写五个士兵的姓名；
拾一枚1941的弹壳,
铸一个大写的人。

冰封的易水在眼里融化,
萧萧西风,
送它东行。
向山下坦荡的平原,
向平原醒了的乡村,
向二千二百年的历史,
向沃野中华的儿女,
注一往情深……

前行是大海,

澎湃有涛声!

水口夜泊

瞬息暗了桑林,
一闪亮了萤灯。

青翠的竹,抱一团浓黑的云,
欢喜的浪,托一盘跳跃的星。

纤绳串四季脚印,
舱内挤八种鼾声,
梦里半生坷坎,
一笑还年轻。
舱板上剩温茶半盏,
篷角间空几只酒瓶……

前程似锦,
多少辛勤,
今宵一醉睡了,
风雨犹自惊心。
浪花几依依拍船舷,
多少话,

语轻轻……

夜暗。雾重。星稀。
隔岸一声鸡鸣,
惊散朦胧月影,
上河风正好,催心帆疾进,
八颗心扣紧,拉太阳起身。
号子响,
千山应。
岸上早行人,
柱伴荷锄听……

忘忧谷

四十里竹海,浓荫蔽日,有"忘忧谷"……

冥想死的超脱,
淡化生的烦愁。
半拍销魂的休止,
半拍生命的渴求。
山有山的情致,
水有水的风流。

可以忘忧。
　　可以忘忧。

可叹枝头散发的屈子,
骑驴醉入剑门的陆游。
路漫漫兮何其修远,
铁马金戈何以期求?
留些个敲锣打鼓的故事,
几只粽子,又几叶扁舟。

　　可以忘忧,
　　可以忘忧。

夏明翰的诗句早已生锈,
张志新已经缝好了咽喉。
阿Q昨夜参加革命,
假洋鬼子今晨断头。
青年人有青年人的节奏,
老年人有老年人的鱼钩。

　　可以忘忧。
　　可以忘忧。

朦胧未必醉眼,

粉墨会写春秋。
台上难分青衣花旦，
台下莫辨文丑武丑。
合乎其尚：先天下之乐而乐，
顺乎其流：后天下之忧而忧。

  可以忘忧。
  可以忘忧。

松软的竹叶垫着一个好梦，
悠悠樵歌折断枯干的追求。
独坐幽篁听鸣禽欢奏，
万念皆空品人间美酒。
那心，不知道还跳不跳？
那血，不知道还流不流？

  可以忘忧！
  可以忘忧！

竹郎歌

乐山城北，有溪名竹公。旧志载："传为一女人浣于溪，有竹浮下，中有啼声，取而视之，则孩也。及长，呼为夜郎，封竹溪王。"唐代女诗人薛涛诗："竹郎庙前多古木，夕阳沉沉山更绿。何处江村有笛声，声声尽是迎郎曲。"……

发思古之幽情，
我寻薛涛的歌声，
遥想那四月迎郎之曲，
多么热闹，多么动人……

一湾溪流依旧，
何处是通幽曲径？
一脉夕照流金，
几时传暮钟沉沉？

是哪一朝风雨，
将古老的传说洗净？
是哪一处青竹，
藏了薛涛的歌声？

我找，我寻……
清清溪水洗我一片痴情。
夜郎天，依旧是星河耿耿，
寻夜郎，触动我板结心灵。

——许是他孕育在小小竹筒，
因此阻塞了胸襟；
许是他深居在四寸圆周，
因此遮住了眼睛。

呵，千百年将怪诞当作真神，
千百年献香火供奉愚蠢。
哎，你马王堆般严实的汉墓，
怎锁不住这僵冷的幽灵？！

古迹无存，别是一派风景，
丛丛翠竹，更将红楼掩映，
浪卷走绯云几朵，
风送来弦歌声声……

> 周纲（1933—2017），男，四川眉山人。1979年加入中国作家协会，历任乐山地区《沫水》杂志主编，乐山市作家协会主席。文学创作一级。出版、上演、上映作品有戏剧一出，电影《峨眉飞盗》一部，歌曲（词）音乐舞蹈叙事诗唱片十六面，文学作品十四部。主要作品为《大渡河情思》《风萧萧兮易水寒》《燕燕于飞》《西天一柱》《东非，半个月亮和半个太阳》等。

采罗诗选（三首）

凉山春

凉山呀，一重重，
几百里连绵香喷喷；
九十九层茶林九十九重天，
天上人间茶味浓。

深深的山谷如玉碗，
飞泉就像把茶冲；
蓝蓝的晴空盖碗茶，
泡出个春天绿溶溶。

山影像茶叶儿在水中香，
羊群像鲜花儿在水中涌，
水底藏天天盛水，
朝霞在茶汤里慢慢红。

哪里去了哟，十年劳改棚？
何时嫁了哟，满山茶毛虫？
但见水边半句旧标语，
像一条伤疤儿忘不了痛！

害人的标语牵锁链,
十年锁过万座峰,
天罗地网刺笆笼,
山也瘦,水也穷……

天安门前的金水河呀,
可是那天上的飞泉春意浓?
春入凉山的胸膛里,
茶林回春绿葱葱。

十年怀春三千梦,
一片真心情更浓;
我捧起凉山透明的爱,
就像泡在浓茶中。

凉山的密林里鸟儿多

凉山的密林里鸟儿多,
月琴里装满了动人的歌。
最美的歌儿向着北京唱,
月琴声声流成欢乐的河。

八百里凉山开荞花，
八百凉山铺彩霞，
九万只凤凰九千匹马，
要请幸福到彝家，
要请幸福到彝家。

八百里银线搭金桥，
八百里明灯开金花，
九千座金桥九万把琴，
要接幸福到彝家，
要接幸福到彝家。

山这边弹琴山那边响，
琴弦响在彝家心坎上。
九十九把月琴向太阳，
琴声里飘洒着太阳光。

秕子和种子

轻轻飘飘的秕子，
随风翩翩飞起；
实实在在的种子，
迎风粒粒落地。

飞起的落下变成渣渣，
落下的向上长出芽芽——
全在一颗心儿，
装的是真是假。

> 采罗（1935— ），男，本名罗吉容，四川乐山人。1950年参加中国人民解放军，后上军政大学。1958年转业下放北大荒，开始文学创作。1959年因言遇祸，被开除团籍，后调四川马边县工作，晚年上调北京。曾在《人民文学》《诗刊》等刊物发表大量诗作。著有诗集《女神之纤》。现居北京。

叶簇诗选（四首）

南津关极目

长江自三峡奔出南津关，豁然开朗，更兼葛洲坝水电站大坝横卧江中，沉沉一线的江流在这里形成一个烟波浩渺的平湖。

——题记

穿过重峦叠嶂的莽莽三峡，
连梦中也呼啸惊涛骇浪。
如今站在南津关上极目，
这一碧万顷也是长江？

倒像是五百里滇池苍苍茫茫。
倒像是西子湖柔波轻荡，
倒像是故乡川西平原的五月，
春风轻拂满眼碧翠的稻秧……

哪里去了，怒涛卷霜雪？
哪里去了，奔雷下瞿塘？
有人说它是陶醉于荆楚的平旷，
有人说它是疲惫于昨天的莽撞。

依我看,长江和我一样,
面对"截断巫山云雨"的葛洲坝,
太多的惊叹化作了深沉的思想,
不再狭隘,不再自负而轻狂……

滇池睡美人

那时,我们一样年轻,
一样天真而单纯。
我爱隔着五百里浩渺烟波,
凝视你柔美的身影。

你藏起深情,
故作骄矜;
山色有无中,
半羞还半嗔。

忘不了分别的那个早晨,
你终于无法保持平静。
碧海无风三尺浪,
一听涛声知你心……

二十三度滇池岸柳飞絮,
二十三度西山红叶飘零。
我已是人过中年,华发早生,
而你依旧当初少女芳龄。

此刻,伫立长长的海埂,
禁不住一挥热泪雨纷纷——
归来的路如此漫长,
不只是往事牵情……

你为何悄然无语,
只顾仰看苍穹鹰隼?
你为何如石如冰,
不肯起身含笑相迎?

莫不是恼恨我一去杳无音讯,
有何面目来对故人?
莫不是子期无觅琴台冷,
病卧床榻到如今?

不必恼恨,不必伤情,
破碎的梦不是重圆了吗?
如画春光里,
风也斑斓,云也芳芬,

美，岂能长睡不醒？

致大海

我是迢遥深山里
一条无名的小河，
今天，终于同你会合。
我带来的
不是滔滔流水，
不是浪花朵朵，
那是我激动的泪
那是我心中的歌——

我的故乡可美啦，
美得像神话、像传说。
然而，它又是那样
陡峭、闭塞……
层峦叠嶂，
常常将我扭曲；
幽谷深壑，
每每把我挤窄。
是的，我的性子太倔，
不相信

天只有一线,
不相信
山前的水塘
便是浩浩湖泊。
"八千里路云和月",
我日夜奔波,
我执着求索!

此刻,我是多么
兴奋而快乐:
再没有一叶障目,
再没有路途坎坷。
分明是
太不习惯的腥味,
我却像
在茉莉花田采撷;
分明是
海浪咸涩的飞沫,
我却像
蜜糖甜透心窝。
我甚至祈求
被台风突然刮倒,
那弯弯的海岸,
定柔似爱人的胳膊……

不错,我会从此消失,
但这有什么?
我非但不忧心忡忡,
倒要隆重庆贺。
因为那消失了的
只能是我的浅薄,
只能是我的委琐,
只能是我的狭隘,
只能是我的孱弱……
能做你一颗自由的元素,
(哪怕小小一颗)
闪耀的也是
恢宏、大观、
壮阔、磅礴!

拾 贝

不必闪躲,
不必惶惑。
我不会将你投进大火,
像历史曾经着魔。

我要带你回家,
放进书橱的一角。
那儿也是一片大海,
你会同样自由、快乐。

兴许生命还会复活,
高兴时翩翩起舞,
动情时引吭高歌。
每天,给我讲海的传说……

并非海外奇谈,
我便深得这"海"的润泽。
要不,至今还和你一样,
徒有空空的躯壳!

> 叶籁(1939—),男,本名刘大声,四川峨眉山人。1961年毕业于云南大学中文系。著有诗集《淡蓝淡蓝的记忆》。

20世纪40年代

李希容诗选（五首）

老故事

狼来了

多少年多少天

我都相信

狼来了

你对我讲

狼来了

我知道

我的神经和肉体

已经

长成羊

树

见识了炎凉圆融

弯虹造型　禅的鸣放

很想会会

啄过王维山水的那只鸟儿

与它聊唐风

一方浓荫　八方鸟语

阳光　空气　山水

呼应起来　彼此

皆有回音

叶落了

有些潇洒

根知道如何不朽

树把俊枝伸向蓝天

什么也没有讲

经　历

那条活泼的神秘的河流

从远古缓缓流入我

体内

我听见狼的悲号虎的厉啸

鹿群狂奔……

我看见地壳错动森林毁恐龙灭

我嘴唇上

布满大地干裂的盐霜

海的苦涩的上空

有虹造型

七种色彩七颗音符七孔欲望的通道

豁然开放

成为建筑成为雕塑成为情绪

成为头颅

成为当代噪音中历史的沉思

上善若水

如果是水

我会因为闸门

沉默向上

我会因为沉默

呈蔚蓝色的深思

入微大自然　渗透众生

禅　悟

这一夜

有暖暖之气从丹田游到脚趾

又从脚趾回升　麻麻酥酥

在肌肉和骨缝中运行

打通风湿麻木与关节

走过肠胃胸腔五官后脑

这时你会感到在海里浪漫

在天空云游

你会成为绿茸茸的一方草地

有梅花鹿和美人鱼走来

听一首真正的诗听很美的曲子

你突然醒悟不必寻桃花源

和陶渊明

风景及高人

就在体内

李希容（1944—   ），男，四川乐山人。先后在《诗刊》《星星》等刊物发表诗歌三百余首。著有诗书画集《人生百笑》。现居乐山。

雪川诗选（五首）

爵版街的回忆

那棵老槐树的浓荫遮暗了一个久远的年代
进进出出的人都习惯了目不斜视
你很难看清面容
那棵老槐树隐蔽了许多眼光

当年的风月在这条街的深处烙下印痕
紫檀木的门柱残留着铁箍
文物专家说是雍正年间一桩冤案
朝廷一员三品钦差
在这里金屋藏娇还藏银子

如今，干枯的槐树复又绽开笑容
枝头的春绿招来鸟鸣
有奔驰宝马泊位紫檀门柱
能听见肖邦或者莫扎特
以及伴着京腔京韵的西皮二黄

已经拆迁的一块坝子像是一张唱片
黄昏时总是聚集着一些爵士水冬瓜和野妹子

有只小号叫911
游离而残损的呜咽
总让人想起朱门难掩的苦衷

水冬瓜和野妹子摇滚的时候
有个自称梅塔的画家在一旁速写
他总画一个叫馨儿的女子
扭动的线条
飘逸着传神的韵律

到夜间,就会点亮一些暗淡的马灯
有时沿街推进几架摄像机
那个大胡子中年导演
分明就是紫檀木门内的常客
女一号、女二号
是深巷明朝卖杏花的主

不要说这是绝版
也不要说这是让后人铭记的写真
都市每一个不起眼的角落
日子都装订成野史
哭声里传出笑声

膏腴之境

枯枝也能插活的土地
种子在风里找到生根的卵巢
槭树和蒲公英之选
移动一块石头
就知道
这里是膏腴之境

几千年的细胞遭遇着重重叠叠的变性
耕作者剥食着藻类的遗存
将海子挂在树上
于是垂悬着一个个古怪的名字
艾荫贡贡艾荫贡贡
那是一脉脉林泉

泉眼早已散落成处处水塘
浇灌之利蔓延大片稻麦
又难掩物种无穷无尽的休眠
蔓生不结果实的草木
在很硬的阳光下干枯

便有大口吞吃绿色的贪婪者撑坏了肚子
他们的眼珠子掉到地上

尘土一裹就成了瓢虫

伤害了天地之和的垂死形容

爬动着恰如欲望之舟

爬出水塘，爬不出祸坑

一地膏腴

养活了一地文明

一地文明

戕害着一地膏腴

解释春风无限恨，谁

给许多长出黑芽的灵魂

坠上生命的石块

明天，会有胭脂

和苍穹间翠绿的沟回缠绕着你

你的语言会杂交出小扁豆似的形体

牵动悠长的藤蔓

描绘收成

月亮岛上的歌

月亮岛在黑夜里漂走

苍白的帆

挂起黑皮肤囚犯们被宰割被捣碎的思念

眼光深处还是眼光

漫漫尘埃平息

早先凌乱的脚步

此刻亲吻着沾满苔藓的石头

微微喘息的歌

摇撼着黑色魂灵

浪花装饰着船舷

黎明擦亮从黑夜里提纯的金子

让第一片厚厚的嘴唇

因地平线临近而战栗

铁窗摇撼

锈块纷纷坠落

流成祸水

大岩石将具具人的影子涂写在梦里

舔干净短剑利刃上的血

尊严极速登陆

峭壁突兀而起

曲折的海湾如同你们黑色的手臂

静默时,歌韵形成潜流

白帆消逝

所有蜷伏的面孔

堆起大片的黑色城垛

日出东墙

翘首企盼的淑女

搭起凉棚遮阴

便有痉挛的大特写

表现着清晨之舞

歌声才动地而来才咄咄逼人而来

从德拉肯斯山的幽暗隧洞

涌到罗伯逊的巴塞罗那

月亮岛,月亮岛

你的凝视

在洞穿千重铁门

在酷热的季节

你该是一叶绿洲

1990年5月

白色玻璃塔的倾斜

托马斯·布朗走出他的宗教教义

那是两百年前的错觉

心智的光芒可以提炼出奇形怪状的色块

贴上现代标签
托马斯的原始欲望
竟然在玻璃底座上生根
企图控制天下的冷暖

西俗从而东进
川流不息的猎奇者探险者敲打着白色的墙
他们在墙壁上窥见自己的形影
是人类动机的对象化。他们断定
于是让野性的战火蔓延
新世纪恰似张开大口的白鲨
所有流动的感觉挤过一洞小窗
风呜呜地咆哮
齿缝间粗糙的口子割断绳索
轮渡搁浅

白色感官萎缩
海滩上的堆积物有点人格化形容
一种变异的构想
在悄悄地重组阵营
世界的新体系
在他们的手上玩忽职守
好似无花果被谁剥食
白色果酱浸润围观者的视听觉

总是有人雄辩

从当初的鸦片偷运到眼下的石油危机

从土地吞并到军火贩卖

漂亮的外衣

遮盖着黄金白银的宫殿

和倾斜的玻璃塔

终点接近

核污染撕破大气层海云一片浑浊

基座摇动起来

中世纪被埋葬的祭品倏然显性

时髦的追求都那么超现实

愚蠢的表白是多余的

野蛮中，文明亦进亦退

一边是权贵们借股票解释财富

一边是献血者排队领救济粮

玻璃塔旋转

咿咿呀呀的门派龇牙咧嘴大声喊叫

都在画地为牢塑造自己的哲学

美其名曰伏法认理

童话里的王子都有白色别墅

都会说三岁小儿的呓语

比如葡萄会愤怒

牛奶会淹没面包房

白色人种的复杂情感

眼看就要倒塌

      1990年5月

黄色乾坤

浑重的大号排成一路赶山的滚筒

头上长角的丛林人

身上披着羚羊皮手里有弓箭

从盆地到平原到高原

五声五色鼓乐齐鸣

饥饿中挣扎的禽兽不辨善恶

在响箭声里

证实着易道易晓的伏羲之卦

我们正是这宗族的后裔

乾道成男

坤道成女

日月昭示的钟鼎文

言苦意涩描述着春秋

更有佛老坏乱圣人之念

草海林泉茵茵地泽被历史

狂笑与恸哭之时

以龙性自居的传人

拼命挣脱着静候天地之生病对偶

六和不离其内

憔悴的闲情折射出长河落日

酒神曼舞

凤仪阑珊展开

——标示风气风量风格风尚

不谄媚不退却更不示弱

即便放浪形骸

也大写着逸响超群的风骨

龙兮凤兮，何德之兴也衰也

诗词歌赋的怨骂惊怒

全不顾万岁一统

拥挤的东方在崛起

人头的大潮卷起任何一种盲目的形器

黄皮肤的中国诗人血糖降低

咽下了黄河的神韵气度

又吐出了忧愁忧思

他们羁旅草野又每每误解同胞

择其善鸣者而假之鸣时

以物观物调琴瑟而自美

黄河岸边
几多　竹幽人瑰杰怪雄
逸笔草草的背景里
能看出乾之表无极坤之端无穷
星空拒绝思辨的哲学
我们网罗天地
相信人类的悬殊在一天天缩小
我们静虚以待
恭候乾坤一片金黄

> 雪川（1948—　），男，原名廖学良，又名梅隆雪川。四川峨眉山市人。著述包括诗歌、小说、散文、评论及汉语辞赋。著有诗集《峨眉诗魂》《郭沫若祭》，诗论《中国诗学：传统与现代之辨》等。辞赋作品有《中华世纪坛赋》《茅台赋》《大道乾坤赋》《太阳石赋》《成都赋》《二滩赋》等。

20世纪50年代

姜力挺诗选（五首）

夜　路

往这边走便是光明
心知道那盏常亮的灯
但是背过灯光，它走向黑暗
心知道光明但不知道黑暗

离开光明是因为知道
口常讲的那句熟悉的话
向往广阔，黑暗也就有理
嚷嚷光明的声音太拥挤

暗暗的原野直通向天边
泥路的母亲便是村庄
嗅着新鲜，但是心不知道
黑暗里当然还会有灯

灯的明亮是眼睛的洁净
相遇在预先并没有看见
没有人声，甚至没有犬吠
心酷爱光明，黑暗已经熟悉

桥

一边到另一边,是桥的含义
走,另一边可能就是逃
危急时抓起刀子
为了割断线的牵扯

追击到桥会觉得太远
爬过高山,人不禁要担心
麻烦留给了回去
对岸诚实对你陌生况且
桥也有脾气

用石块垫住脚底
是安慰,惊慌踩着了牢靠
到甜蜜幸福还差一步
他们就会想起
桥的坚硬

桥站在水里,隐隐
被波浪洗着影子
但泡沫没有变黑也没有味道
摇晃着花朵
是人在桥上

你得系紧纽扣

来到码头,你得系紧纽扣
这里的风是猛烈的
有许多事情需要应付

分别,你感到空虚
举手挥挥
岁月似乎很轻

她将在那里落脚
另一块土地,另一个遥远的国度
想想,也觉得很重

所以,尽快地落笔
尽快地打上邮戳
交出那个渺茫的寄托

绿色的邮箱
绿色的舒卷的波浪
码头,真像那道扔信的缝隙

或者,你去迎接
以一个时刻,去收取船舶

冷静地启开信封

风是猛烈的
你得系紧纽扣
来到码头,有许多事情需要应付

换一换鞋吧
再拢拢头发,而太阳出来
又脱下了那件衣服

林中烟味

树林中飘着一股烟味
这是够好的。烟像一把皮鞘
火的刀能危及鸟
有时候看见双双竹筷
也能想起食物的炙烤

挎着猎枪,曾经
我将树林用手臂碰触
手掌放开,伸展的叶片
挡住了阳光。后来
在一户农家高耸的烟突上

我打下了一只乌鸦

当时，一个辛劳的农妇
摇晃着一根烟柱
那是一堆新近砍下的竹枝
她大把大把地燃烧

这使我更能看清楚天空
尽管，我只是靠近着那一缕烟柱
从树林边走过

我的睡眠

声音撞击使人想到坚硬
水和空气，那是另外一回事
也许是救火，也许是飞行的鸽哨
但知情的人告诉我
那是一根漏了的管道

没有料到会这样溢出痛苦
呼叫里带有某种神秘的间歇
就像胃痛，所以
控制完全不可捉摸

但和皮肤的抽搐不同

这种抵抗，必须使用耳朵

于是我堕入了睡眠

开始睡得像纸，渐渐像瓶塞一样结实

梦带来了丰饶

一位画家在调制原野的颜色

但它太热衷于季节的变幻

像土壤一样风骚

当一切渐渐静默

病人吞药后感到舒适

早晨醒来，我仍然听见那一片歌声

我去视察，漏洞已经填塞

在我睡眠的补丁上

却长出了一棵树苗

> 姜力挺（1950— ），男，四川乐山人。著有诗集《我诗如潮》，中篇小说集《书之心》。

龚盖雄诗选(三首)

特殊的乡愁

1

属于石头的乡愁,长成了乐山大佛。
属于天崩地裂的乡愁,长成了乌木。

属于我一个人爱情的乡愁,长成了我
永远写不完、写不好、写不出、写不尽的

诗歌。

2

在乐山。滋养我的
废墟的灵性
属于所有

被拆迁的爱情和房屋。被拆迁的记忆
和梦——铜河碥
黄昏岸边。古巷的石板路。一个小女孩

在无灯之夜。在那儿。吻我。悄悄拉着我的手
我们命名它是牵手街。消失了。

另一老宅中,我偷情少年的脚步已成荒途。
我偷摘桃子的春风绿树,变成了
水泥钢筋勃起的冰冷高楼。

3

风,吹过

五十万不同的声音说出同一个
峨眉山月半轮秋。

五千年不同的黎明说出同一个
太阳的眼睛穿过我阅读大地之书
页码翻动——

乐山。我的大学书桌。我的学生的课桌。
夜晚的黑板上由我书写
星星的粉笔灰

掉了。

我说出的文学哲学人物。我说过的
幽灵何止千古,万古。

一个大学教书者的乡愁
永远锁定了一切
书的命运和命运之书

赠予代代青春
莫须有
长空短笛的超越。

4

我爱
狂野犹存的乐山高处。
高于峨眉普贤塑像的高度。

夜间灯火中
渔舟浮动,三江浮动——
海通的瞎眼点亮的
光。

乌木坚韧时间的硬度也是诗歌人格的硬度。

爱我的人——人类的——大地万物
涌来乐山佛岸的
人性度。

友谊。打破谣言与污名的古今
李白、东坡、陆游、黄庭坚………
留下足迹、心迹、诗迹的嘱托。

麦田。红苕。花生。玉米。劳作的乡亲啊
我爱你们
对于乏味生活反抗的欢乐。对秋收冬藏
春暖花开的虔诚与敬重。

前女友

我看见你的凄凉和忧伤
像花魂中飘出林黛玉的歌唱
我和你再一次走入黄昏的小道

你拉着我的手
再一次变成那个小姑娘,那个
春风满面,羞怯满面的时光

如今。我们中间
隔着两个世纪婚前试爱的太阳
隔着三个世纪婚后性冷淡的月亮
隔着三千个世纪朝代兴亡
投影生活废墟的反光

一杯酒。一壶茶。一方故乡
已经不能再把心如死灰的孤独摇晃

你走进我旧日诗稿的眼睛干枯了泪水
熄灭了光。我走进你明日的骨灰
又怎能同甘共苦,欢颜一笑?

紧紧抱着我啊!你叫我雄雄,盖盖,小兔子
　小乖乖!

紧紧抱着我啊!趁我们还有人性的温度
还有血,还有肉,还有不下岗的心脏

趁我们还有嘴唇可以吻,还有耳朵
可以听。哭吧哭吧哭吧

好好地哭一场吧。我地球人的前女友啊
我形容词最后的故乡!

妻　子

1

昨天早上，我写了诗歌《有一天》
妻子读了就说：可以去拿诺贝尔
萝卜奖金

她于是奖给我
一个煮苞谷，两碗稀饭，一盘凉拌黄瓜

2

今天夜半三点，忽来灵感
我起床写了《乒乓》《前女友》《已成废墟》三首诗
已六点，又去睡回笼觉

妻子一边给我敲背，揉肩，一边讲起
她大学时代一个男生一直暗恋她的故事
这个男生现在在北京

妻子一边讲
一边在我
背上

画了一幅北京的
地图

3

我也讲起我的学生时代爱过的女孩
我爱过一个女孩的
非常漂亮，红润的手
我只想与她的手恋爱结婚

结果，她用那只手挥动与我拜拜了

4

我说

婚姻就是
爱神寄来的邮件冰凉，冻结了我们对恋爱幸福的指望之后

落入凡尘过日子的事儿

妻子说
就是油盐柴米酱醋茶
培养儿女的生活

她有一个记录生活的日常开支账本，一笔一笔记起了瘾。我说

以后我们死后，带到死神那里去报账吧

5

其实我还有很多很多婚姻法之外的广大妻子
她们有的是形容词的公主，有的是介词的女儿
有的是动词的女王，有的是毒刺玫瑰的守护者
有的是骑着屈原《九歌》中那些虎豹而来的神女
更多断魂刀口走过百代兴亡的青楼女子，更多土地操劳过
　度的村姑（我其实爱着所有的人啊）

但是我不能全部向妻子一一
说明。我的爱情隐私

是语言诗歌共和国的天机不可泄的
秘密

龚盖雄(1952—),男,四川眉山人。代表组诗《小康社会的花朵》《绝望诗前的火炬》,长诗《品茶之诗》《纸上的豹子》《大风起兮云飞扬》等,评论代表作《非非主义与汉语原创写作》《在变构中展开的当代先锋诗学》等。2013年出版理论专著《人类的三生信仰》。现居乐山。

葱葱湖诗选（四首）

爱，就燃烧在一起

为什么你要离开我？
你回来！
为了你，我的琴整夜哭泣。

世俗悬起的绞索，
套紧热恋的脖颈，
门第阴森的洞穴，
重演维洛那悲剧。
你，违心离去……

我的琴声呼喊你，
找你，等你，
你可见晶莹闪落
琴弦的泪滴。
纵将痴情耗尽，
纵然毁灭，
生之爱，死之恋，
何时才能找回你？

不要"勿忘我"。
刻骨铭心的爱，
谁能扼杀？谁能浇灭？
不要怜悯，不要乞讨。
你回来！
我等你，
爱，就燃烧在一起。

独 语

自言自语地说些什么。
一线阳光挤进房子做伴，
还有窗外守候多年的一株树，
以每片树叶的生长和消失记叙。

在眼光所能及的地方，
自言自语。
是愿望一只只飞来飞去的鸟，
落脚枝头的时候倾听。

距离不算太远可也不算近呀，
犯傻的是你。

被一些鸟的羽毛迷惑,
不注意鸟偷偷飞走的时间,
就像没有注意
你第一丝银悄然而至。

万籁俱寂的星空,
能给予永恒承诺的
欲说无声。
很多颗星的命运
都不过如此。

或以一种遥远距离的蔑视,
或在被谁撞击滑落的瞬间,
用蓄存已久的光辉擦亮天地!

坠为陨石。
谁能够拾起,
就跟谁说说话吧。

虽然晚了许多年,
虽然　重复当初的自言自语,
有些像莎翁激情不朽的悲剧。

红蝴蝶

很奇怪,
从来没细想过,
传说停在阁楼的童车,
是否真正存在。
就像在童年的舞台上,
表演飞来飞去的红蝴蝶,
就从此认定:
"我是一只红蝴蝶,
我飞到花园里,
花园真美丽。"

沿着美丽飞回家,
穿上镶白边的蓝围裙,
八仙桌上,
有镶蓝边的小口盅和白盘子。

美丽,是不想卸妆的童年,
是红蝴蝶唱着表演着,
即将经历的真实。

红蝴蝶被抽象被设计,
被时光之刃裁为两段,

一段消失一段图解,
扁平地装饰白盘子。

剩下些翅的碎片,
是几颗东倒西歪的字,
任由成千上万双眼睛,
或穿梭,
或笑场,
或杀戮。

字缝间矜持,
劈头盖脸的冰雹,
坑坑洼洼了时间的额头。
原本被雨困住的城市,
软绵绵抒情,
像舞台上的红蝴蝶
表演假装在绿叶下躲雨。

在美丽的花园盘旋已久,
雨从高高的树上滴落,
从企望过的绿叶上滴落,
滴滴答答的雨声,
节奏命运起伏　红蝴蝶
扑腾溃破的篱笆,

在坑坑洼洼的时间,
在大雨的天地操练。

悬　停

撑开全部羽翼,
去向天空索要寻找,
久久编织的云霓,
却锈蚀斑驳成碎屑。
虔诚地发出书写,
却收到文字已遗失。
遗失快速刷屏,
神不知鬼不觉。

童趣遗失给浑浊的眼球,
名声遗失给实在的金钱,
情书遗失给油绿的陌路,
刚发布阳光正好的微友,
已被下一秒遗失给冰雹,
密集发射着敲击着窗棂,
扛不住躲闪粗暴的袭击。

最后一次寻找,

为先前

一份遗失N次的履历。

虚拟遗失的羽翼,

寻找飞翔　悬停,

前不着村后不着店。

你懂得。

因遗失而终止遗失,

在半途被遗失的我,

该狠狠咬住!

那双制造遗失的手。

> 葱葱湖(1954—　),女,曾用笔名葱葱儿,本名胡佑科,四川乐山人。出版文学著作《红籽儿·白杜鹃》《香去情未了》《西下峨眉峰》《风中的小提琴手》《婉约乐山》。

林和生诗选（三首）

苍茫时分

遇见你如遇陌生的知己，在遥远的异乡
那儿讲一种全然陌生的语言

遇见你如见眩目晚霞中明灭的小火
浅蓝的、透明的眼睛，像默默地、微笑的太阳
斜穿过大街的人群向我走来

遇见你的时候，我正久久地踌躇
不知怎样迈动笨拙的脚步

遇见你如遇远方人，如遇
陌生的远方人，在一处
遥远遥远的异乡
在七种痛苦从胸中温柔泛起的时候

告别的一刻到了。既然
我遇见你，明白自己
爱上这座全然陌生的城市
我苦痛孤独的心一下懂得了惜别

就在

遇见你的苍茫时分

1992年6月17日于成都百花村

剑门古道

在静谧的晨曦中群山沉浸于忘却的回忆

曙色一点一点亮起来,一点

一点地凝定在

层峦叠嶂依次淡远的时分

最悄默的话语

也会惊动黎明的静寂

剑门古道!北望千里

便是秦川风云,紧连着

富阔的中原,以及

数千年苍茫的时光

北望汉中

北望千里

在越过十万大山的时候

与明净如洗的朝云交融

从洗蓝的天空,在忘却的

回忆中眷顾着

（海呀……

这文字里可有你的气息?

海呀,如此寂寞的文字

也扰乱你波涛的宁静?)

北望是一派空蒙

是一首肃穆的凭吊

并不怨尤

北望汉中是伤怀

剑门古道! 漫山

遍野的士兵

越过平缓的山麓

在晨曦中温暖着兵器

和铠甲的寒光

青松默默地站立着

微微向晨曦的东方倾斜一点

刀剑在平垭上击响

而在遥远的北方

或者东方,在被夕照和曙色

掩映得惨痛无人的地方

王朝并没有覆灭过

（海呀……

是你让这文字冷静、谦逊？

海呀，难道这无名的痛楚

也能宽厚、深沉起来？……）

平坝上树草葳蕤

在魂灵的倾听中

轻轻摇动犁锄与征战的

忘却的回忆。青松

出神地谛听着东方的晨曦

（海呀……

在这寂寞的文字里每一处

哀痛的时刻，都隐埋着

你永恒的低叹，起伏着

星芒下你沉思的波光）

1994年5月2日于成都百花村

父亲往事

一

母亲在门前很兴奋

他退回茅舍。

"要积极就要有态度！"

母亲兴高采烈。
然而,林中渡鸟在叫,
没有谁知道,没有谁。
向晚的空地光洁,
没有林中蓟草的影子。
小路在山坳的蹄印里,
枯旱的等待。
谁的四月,父亲?
谁在雾气蒙蒙的溪畔?
谁的杜鹃在雨中怒放?

二

他坐在茅舍门槛抽烟叶,
忘掉身后的家事。
父亲来了又走了,
脸埋进双掌,
悲泣,再离去。
记忆来自他母亲的小名,
一个甲子的感伤,
甚至一个天干的时辰,
全部留在青苔的潭水中。
天色尚明,
父亲的背影神秘,

山路隐隐约约。

2005年5月23日于成都百花村

> 林和生（1954— ），男，四川乐山人。主要著作有：《犹太人卡夫卡》《凡·高传：在人性的麦田深处》《绝望的一跃：孤独天才克尔恺郭尔》《悲壮的还乡》《犹太人海涅的信仰》《特朗斯特罗姆诗作的柏拉图意向》及诗集《林和生诗集》等；译著《丧钟为谁而鸣：生死边缘的沉思录》《拒斥死亡》《分裂的自我》。现任四川省社科院文学所研究院硕士生导师。

侗肄诗选（四首）

川南丘陵

无言相守

痴痴望了千载

有雾还好

有雨还好

如同躲在暗处

描眉梳妆

顾盼间　碰碎

镜中妙龄

一团积雨云

几经徘徊　发型

总会拧出酸酸的梅雨

时髦的菜花

——春的补丁

转眼让枫叶

涂满锈迹

似曾说给岷江

似曾说给长江

语焉不详的投影

说不清

在何处搁浅

端　午
——写在诗人节

为了一个泪淋淋的日子

年年有韵脚"涉江"而过

年年要弄湿几本稿笺

　（也有人泪洒键盘）

篙和橹同题赋诗

三两声感叹

沸腾了大地神州江河湖滩

然而粽子虽甜岁月很苦

然而雄黄酒避不了邪邪鬼鬼

只有写诗的最在乎这节日

历史的猛子

周而复始被拉出水面

眼见一溜溜笑逐颜开的龙舟

次第划进忧郁的《离骚》

悲壮的《九歌》……

汨罗江依稀记得

打捞一个传说

人们忙碌了两千多年

舅　舅

舅舅是农民

日出而作日落而息

拉扯大几茬歇后语

舅舅沉默寡言难得开腔

一开腔又应了时令

清明端午中秋

三月五月七月

不经意让舅舅次第种成悲喜剧

犍牯牛木犁耙竹斗笠

山湾塘冬水田老水井

是舅舅无言的道具和铅色的背景

舅舅不拜佛不敬神

唯一信奉过的养身之道

是皮包骨头的饥饿疗法

那年　一堆带泥的红苕

让舅舅一口气啃成病句

石板路和翘扁担之间
舅舅是竖写的格言
上气不接下气地教导人生

爬坡上坎的石骨地
成名为阴山和阳山
随便翻耕一面
都能插活舅舅的表情

乡下兄弟

乡下兄弟
一脸憨厚
深陷淡黄色的泥土
脚窝有深有浅
长出高高矮矮的农谚
乡下兄弟有些背时的讲究
清明磕头
端午喝酒
东篱的菊
任其自生自灭
一年到头
死了心扶植

二十四个节气

乡下兄弟无暇顾及诗歌

偶尔进城

才摸进我

日渐发福的笔名

失眠一夜

> 侗肆（1954— ），男，本名董治江，另用笔名马骔骔。曾在《人民日报》《诗刊》《星星》等报刊发表诗歌及诗歌评论。

冯庆川诗选(三首)

河流与海

我熟悉河流也崇拜河流

河流是坦荡的

哺育着沿岸的人和大地

我熟悉河流而不熟悉海

海给我的只是梦和传说

无边无际的浪潮

无休无止的咆哮

不可捉摸的神秘

不可想象的怪谲

水也没有一点人情味

嗓子冒烟也只能咽一下口水

而河流终归要流向海洋

流向我陌生的归宿

我怜悯弱小的河流

在浩瀚的海里失去纯真

海呀,海呀

咸味的海风摇荡的海呀

而我相信河流是永恒的

河流的灵魂是倔强的灵魂

假如有一天我到了海上
一定会从深深的海洋里
看见河流的心在闪光

落日与河流

站在遥远的岸上
看落日西下
河流激动地伸出了迎接的手
浑圆的火球
慢悠悠地落下来
在临近水面的时候
先把浪花染得通红
这时游水的孩子
会赶紧跑上岸来
免得被水烫伤
这时我会捏一把汗
担心突然的冷却使落日硬化
一下子沉下去
再也爬不起来
落日永远从那里落下
河流永远从那里流过
只有我第二天会很早起来

看太阳会不会从东方浮出水面

魂兮归来

尧茂书首漂长江遇难后,又有更多的壮士开始了长江漂流……

一

长江之源,晚霞泛滥的时分
没有牧歌流荡

风永远遒劲
把霞光的红绸一块块撕碎
夜色重重地跌下来
跌进雪山的沟回
然后沿紊乱的水流
在草滩上弥漫出神秘感

落日早已凝固成冰雹
月色描不出空旷的孤寂
我心如坠
我泣无声

二

黎明竖起的天窗下
那晶莹透彻的流水之中
那时隐时现的礁群之间
那如火如焚的狂涛之下
泛起一团红色的漂浮物
如一蓬燃烧的篝火
驱散了远古般的荒凉
鹰在河流上空盘旋
鹰翅托不起颤抖的惊恐
在这阒无人迹的洪荒
敢放开歌喉呐喊的
就是河的英魂

在中国，在长江
升起了何等壮阔的现代图腾呵

三

流进长江的第一滴血
已从江心耸立起来
不像我们常见的那种丰碑

而是一尊刀劈斧削的峭岩
与滔滔激流
永远形成一种照应

那一滴血,又沿着长江的脉管
回流到中国的心脏

每一个中国人的呼吸都因此而沉重
长江上游的那一道道峡谷
那一片片险滩
使我们习惯平稳跳动的心
一下感到沉重的负荷

呵,长江,能载舟也能覆舟
能舞仙女的长袖也能挥勇士的利剑
能长歌当哭也能长哭当歌的长江呵
我们诅咒你又把你搂在胸怀

四

噩梦醒来的早晨
在流泪也成冰凌的纳钦曲
雄峙起更巍峨的山峰

脚印不会重复

而道路却只有一条

长江之源只有一处

那创世纪的最初的融雪

只有那一滴

啜饮那一滴最神秘的甘泉

然后躺下高傲的身躯

就这样躺成一座雕像

顺五千年的潮流汹涌而下

把一切混沌和朦胧的峡谷

撞成新生的河床

五

最透彻地熟悉长江吧

如同熟悉我们指上的纹路

熟悉我们祖先的血缘和祭礼

在最静默之后开始癫狂

最终征服长江的时候

也就最终征服了人类自己

六

长江尽头，三角洲
袒露成永恒的诱惑

难以想象的分化和超越
一条江给予生命巨大的循环
这就是历史的选择
这就是漂流长江的启示录
这就是中国潜意识的爆发
呵，壮士已去
呵，魂兮归来

> 冯庆川（1955— ），男，乐山市五通桥人。著有诗集《欲望如潮》《远方的诱惑》《曾经拥有》，散文集《陆地上的孤岛》等，诗作《魂兮归来》曾获1987年"四川省政府文学奖"。

枫叶诗选(六首)

我们的家园

我在北高峰上
摘下无数片星光
放在创作之家的窗前
夜晚,会闪出光辉
有一个写诗的人来过
他是一片飘来的枫叶

这是我们的家
一个供诗人作家们休闲的家啊
我从西湖边带回一滴水珠
洒进了这满室温馨的家园
我从曲院风荷带回一丝微风
荷香夹着后院树叶的清香萦绕
让这里增添几分幽趣
皓月当空
三潭印月的影像照进房间
我从鲁迅的百草园带回一株小草
种在满目青葱的草地
草地上有一块巨石

巨石上刻有巴金、夏衍、冯牧……
许多名人的手迹
他们的名字将在文学史上永生

这是我们的家啊
我会把这份美好的记忆带回去
永远也不会忘记这里还有一个家

山　野

巍峰耸立是那么高远
气势壮阔绝顶的悬崖
山泉流注
雪白的瀑布把山涧分开
水便是山的血脉
那一座活着的山

老松劲挺密布
乌黑的松针伞状撑开
草木便成了山的毛发
一座华彩绽放有生气的山
烟云缭绕
山形的面目忽明忽暗

一座秀媚动人的山野

山脚温暖的茅舍
行客饮茶小憩
寒汀野水在脚下溪边悠然流淌
小溪自远山流出
曲曲折折或急或缓
急如轻雷
缓如一阵古乐齐鸣
琴瑟筝笆箫笛笙竽合奏的和声
众山皆响

瑞 祥

天空所包容的不仅是
美丽的诗篇
太阳悬在世界之上
一阵阵鸣叫
树在动
世界在动

回望
太阳的胸怀如此坦荡

有鸟儿飞过太阳的高度

没有超越的永远在飞

呼天喊地

天地空阔得听不见回音

谁创造了天堂和大地

是感知的人类你自己

天空中总看到一丝祥瑞

石上的清泉

轻轻低吟浅唱

荡一串愉悦的自然

水的去处很迷茫

黛青的远山重叠消失于烟雨

近处的岩石爬满灵魂眼睛

寻觅快乐的生机

谁弄响那一片沉默

让静静的思绪洗净

世上万物无法超越

石上的清泉

流过了月亮的波光

为一些日子歌唱

树断为泪
风折为歌
飞翔的时空
弥散着幸福

种子穿透时间叶脉
高高举起渴望之手
感动阳光滴落
绿色的欣慰生长

生命不用短尺丈量
应为一些日子歌唱
歌声的海洋出奇美丽

回望过去
点燃往事
化为灰烬
唯歌声刻进骨髓
无论何时何地
应为一些日子歌唱

无 题

石头奔跳撞击着火花
火的流霞把天空烧红
血液流动的是铁水
世上尽心尽力服务
凝成一尊永不磨灭的雕像

透过有孔的眼镜
世界被框架在一定范围
浓缩成微型景观
月亮的玉体谁抓伤过
陈旧的斑痕千百年总不消失

历史的风把山峰吹成形态
人世间之所以永不平坦
低洼起伏
智者感到一种新奇的力量

那是爱和永生
那些永远俯卧的母亲父亲
那些隆起的爱欲胸脯
婴儿的哭声展现出美丽的花瓣
奶浆流淌起来

灌溉人类永不枯竭的歌声

世上有些爱
音乐吐出的火苗
烧毁柔情的屋宇

启开夜的皮肤
水泉汪汪映照星星的光辉
珍珠闪闪跳荡

世界神奇的语言
是松针在唱片上的唱针
也是QQ音乐里的宽带
枯黄的树叶片鲜活起来
秃壁爬满墨绿的苔藓

小蘑菇拔地而起
枯藤结满了一触即发的苞芽
一片生机的园地
人世踏青漫步的篱笆
山泉流淌
流向地球最宽广的汇集处
人世间最美不过天地山水间的歌唱

枫叶（1955— ），男，原名张贵清，四川犍为县人。著有小说集《活着的意义》，报告文学集《星空下的人们》，诗集《抒情山水人生》《火红的枫叶》《遥注如河》《张贵清诗选》。

朱仲祥诗选（四首）

新年，等一株海棠开

等待一株次第绽开的海棠
出现在冬与春交接的路口
眺望飞雪那边燕子的舞蹈
煎熬并期待彼此的拥有
如同新年已如期而至那样
这是我们忠贞践行的信守

是的，海棠已新嫁娘一般
等待在新年的剪纸门窗之后
我知道她的春装鲜红喜气
脸颊开出的花朵，娇艳含羞
她要用红色的火焰，燃烧并涅槃
我们爱与激情的所有

也许走过早春缠绵的冬雾
发梢会结满清新的露珠
那些晶莹露珠如少女的眼睛
如一汪山泉水澄澈碧透
也许春天的脚步会因此乱了方寸

临别的冬天,因此而多情回眸

在向春天出发的路口
我在等待与一株海棠牵手
即使冬天还在旧历年的门前徘徊
春雪依然盘桓在蓓蕾初绽的枝头
但我内心早就春潮涌动
梦里已是一片海棠盛开的锦绣

在新年的礼花中站成雕塑
坚定等待海棠穿过那张薄薄的日历
用微笑慰藉我风雪中的等候
其实我知道,等待一株海棠就是
等待下一个生命的季候
等待一株海棠,就是
等待又一个轮回的春秋

故乡门前那朵云

唤我归去的那片云朵
久久徘徊在天边
云朵下的妈妈,却用
清晨滴露的花朵

熏香了故园的门庭

杜宇鸟依然在故乡的云朵下
啼血殷殷地不倦鸣唱
和着刚刚醒来的杜鹃花
在四月的山间荡漾

已经淡忘了云烟深处
我别梦依稀的故乡
童年的足迹化作一粒粒石子
铺筑的小路在梦里悠长
那些长满山间的故事
在记忆里,萧索,荒凉

而一种叫乡愁的云雾
却在内心深处翻滚弥漫
浓雾凝结成酸楚的泪滴
在他乡的眼睫上闪亮

当我和你意外重逢

当我和你意外重逢
枯萎的生命顿然枝繁叶茂

眼前有许多往事,飘零成
一片桃林中的落英缤纷
春水潺潺流过心头
阑珊春意中,柳絮缠绕成
剪不断理还乱的思绪

心在这一刻皲裂了
发出一阵阵疼痛的呐喊
如同封冻已久的硬朗湖面
三月解冻时的嘎吱嘎吱声响
有一些冰块在湖面横冲直撞
冲撞着变暖变软的湖堤
有一些湖水汩汩作声
让那些越冬的鱼儿和水鸟
天上地下的欢快跃动

你经历了一些季节的眼睛
透过春天稀薄的云层,望我
就像春阳照在我的身上
温暖得令我因心悸而颤抖
有一阵春水在胸腔里有力奔涌
却找不到宣泄的出口
只好在你的凝望中变成一株乔木
招展的枝叶,多情而忧伤

当我今天和你重逢

其间经历了多少个飘雪的夜晚

经历了多少个冬天的轮回

心被封冻了一层,又一层

冰层上,总是寂静无声

而你,是融化冰雪的天使吗

你的重新出现,让我的心头

顿然解冻,顿然春江水暖

可我不知道眼前的春天

是否也像许多年前的那个春天

不知道眼前桃花盛开的你

还会不会随风而去。是否还会让我

重又跌回到寒冷的冬季

成为凛冽西风中一尾冻僵的鱼

那个丙辰年的中秋

据说那个丙辰年的中秋

月亮如装满酒的杯子,很圆很亮

一举头便有月光倾倒如瀑

浇得你无处安身无处躲藏

于是你撑开思亲的雨伞

一个人躲在伞后,用思念抵御秋寒

或者,独自站在密州的屋檐下

对月摆开思亲的酒盏

用月光美酒舒展你九曲愁肠

也放飞你纵横天地的古典浪漫

天上宫阙邈远依稀无以企及

而人间的帝宫已在云烟迷蒙的远方

还不如抓紧这中秋的时光

把酒盏与月轮全都斟满

还不如裁得一片两片月光

挂在窗前,照亮今后

阴晴不定秋雾纠缠的夜晚

据说那个中秋你欢饮达旦

据说那晚多情的月光

转朱阁低绮户悄悄窥视

犹见你憨态可掬的醉模样

醉梦中你见到久违的子由了吗

还有植树以待的眉州乡亲

你见到青神的瑞草桥、唤鱼池了吗

还有峨眉山上盼归的月亮

不应有恨，不应有恨啊
但恨又怎样，恨又能怎样
在也无风雨也无晴的日子
你独自踏遍惠州儋州的山村野舍
一双芒鞋一根竹杖。一蓑烟雨
淋不湿你一路的吟唱

年年中秋，今又中秋
头顶上月轮还是像一只酒盏
还是和那个丙辰年一般又圆又亮
你躲在郏县小峨眉遍插茱萸
（遍插的茱萸如绵绵乡愁
在月下肆意疯长）。你将不能
载酒时作凌云游的遗恨
缓缓斟满酒杯，高高举在天上……

朱仲祥（1958— ），男，四川夹江县人。有诗作入选《中国散文诗年选》等多种选本，曾获《人民文学》等征文奖。现居乐山。

20世纪60年代

李小平诗选（四首）

2012，祝福

破碎的梦
那些抛射的尘埃、星团、石头
只不过是它的杀伤力
瞬间分裂的痛苦
化为一往无前的追逐
带着风、闪着电
一路狂飙、一路毁灭
父亲，我们是一脉相承的亲人
你手中执剑、眼中滴血

很可能已经来不及
将隐晦的旨意传递开去
赶快吧
信使以光速狂奔
却无送达的地址

满天的星斗
加速度
切入更深远

更辽阔的孤独

满载又释放着信息的碎片

穿越异度空间

静止在时间的切面

飞翔的碎片

落地生根

伸展一些枝条、叶片

开出花朵,结出坚果

沉入梦中

那些扬起的尘土

那些黏性的液体

在一个容器里

慢慢统一,显露生机

不清晰的面容

像先人,更像子孙

香灰易冷

在一个忌日种因、养鸟

下一场小雨让日子湿润起来

走上山坡

坐在古老的岩石上面
等待日出
听几声鸟鸣犹如重生
前世的卦象推演今生的命理
经久未至的潮汐从血液里涌来
你在我旁边宛若童颜

陷身于一粒沙尘中
守望昨夜的星空
群鸟纷纷坠地
暗黑的天际光影闪烁
无数星球扑面而来
匆忙的脚步扬起尘埃

众多花朵孕育成形
巨大的死结难以拆解
儿时的胎记一成不变

在一个忌日斋戒、沐浴
等待一场小雨让日子洁净起来
让那些离散的钟声
在一粒沙尘中重聚
看自己一寸一寸地死去
在一粒沙尘中听鸟诵经

夜的声

这是一个什么样的夜晚啊
一只米贵阳零零落落叫了整晚上
我不懂鸟语,但听出了其中的伤悲
我忍不住流泪
抱紧了身边熟睡的爱人
爱人鼻息均匀、眉目不清

天空乱飞如雪的纸片
一个个晦涩的神谕
有的像鸟飞翔、有的似兔子跳跃
我怀念那些安静的事物
那些比死亡更安静的诉说

在昨日,某些事件无可阻止
呈现出造物者的本意
要多少万劫的磨难
才能炼出一克拉纯粹的爱
要沉入多么深重的黑暗
才能凝聚拢一缕星光的至善

还好,米贵阳零落的叫声
穿越了夜晚的空洞

晨露在枯枝上悬挂星光四射的蓝宝石
原野随一缕炊烟睁开了虎睛
而我已经有所准备
等待天明,等待新的打击
爱人,只要你在夜晚还能睡得安稳

致一只老去的豹子

落日收不回去的一抹余光
将你的归途照亮

你安静地俯卧于荒坡上
失焦的目光看不见远方
凛厉之色已从眼神里隐退
秋风吹散毛色的金黄
缭乱的余烬复燃又灭
你眼里的星辰陨落
一颗一颗倒计时
安魂的钟声弥漫开去

你是天生的猎杀者
火狐、羚羊、梅花鹿
还有野兔、蓝鸟甚至荒原狼

渐次写入食谱
成为你念念不忘的美味
在记忆的深处
倒毙、飞腾或疾驰而去

豹齿上浸透冷血的寒意
取食,以食饱即止
从不积攒金银,钱币
更不因仇恨造无辜杀孽
柔软轻捷的步履
上帝的牧鞭、迅急的闪电
驱赶着牧群前行

现在,飨宴已经结束
你一生的食物已经享用完毕
该是买单的时候了
请奉献你的躯体
为前来的就餐者充饥

有鬣狗正在入席
有飞虫在四周徘徊
有秃鹫在天空盘旋
豹啊,即将开始
一场铺张排场的狂欢

彻底还清你的负债
源于众生、还于众生
豹啊，那是你
庄严伟大的葬礼

在来年的荒坡上
有草色青青、群羊揽食

> 李小平（1961— ），男，四川江安县人。1983年毕业于四川师范学院政教系。著有诗集《没有回应的呼喊》。现居四川犍为。

徐澄泉诗选(八首)

优美之蝶

夜阑人静时
你听优美的狗吠
觉得自己也优美起来
你那几只纷飞的意念
便翩翩如蝶儿般优美
优美的蝶儿追嬉你优美的意象
向窗外优美的狗吠飘去

夜色很美,你的桌案很美
你的微笑很美
你忽然心旌摇荡
觉得自己很美
如翩翩蝶儿飞
只是此时
你仍在优美的夜色之外
你仍在窗内的四壁之中
优美的蝶儿
也在四壁之中

壁虎爬过脸面

壁虎爬过墙壁

爬过那堆皱纹深刻的纸

那年那月的壁虎

通过一堆灰尘,穿透陈腐的阳光

爬上我阴沉的脸面

我只需轻轻一拍

把灰尘轻轻一拍

就有一种震撼灵魂的声音

闪烁辉煌的光芒

雪水和梵钟一样响亮

遗忘在荒野的美丽辞藻,以及句子

会从枯萎的草丛,钻出来

站在我的前面

那些遍地微笑的花朵

连同甜蜜的人儿

缀成连绵不断的生活

我就以丰腴的手,饱满的精神

一拍,轻轻地一拍

结束那些不甚光明的事物

蒹　葭

一种普通的草。在西周或春秋民间
茂盛，流行
蒹葭，她的意义，美貌和气质
一直芳香到当下

现在月黑风高。强盗睡梦正酣
趁着年轻，美女尚多
就携带其中某位，古典的或现代的
蹚过河滩，钻进一片芦苇的私密之处
（小心！不要碰到露水，被秋霜染白了鬓发）

那么，有人为我们写诗吗？
并且，背诵我们的爱情，数十遍，千百年？

拯救蚂蚁

烈焰张天，赤地千里
一群蚂蚁团团转，看
那个蹲在地上的小男孩
怎样用一口清凉的口水
拯救一只受难的蚂蚁

浇灭那些燃烧的阳光和空气

一个中年人蹲下来
一个老年人蹲下来
蚂蚁,在一片绿叶的碧波里
载沉载浮,大声呼救
可怜的小蚂蚁,至死也不明白
人类伟大的爱,也无力拯救卑微的生命

最终的结局
另一只刚从火线撤下来的蚂蚁
又即刻投入新的战斗

捕鱼记,或返璞归真

左手掷出一块石头
右手拧起一条肥鱼
我在梦中水面
模仿远古初祖
以朴拙的技法
生存,或者劳作

以及古朴的歌唱——

"断竹,续竹,飞土,逐肉"
我把一条鱼的文身
当作象形文字理解

正是梦醒时分
一轮明月挂上树梢
鱼眼眨动夜空
挣破一张巨大的网

狡兔三窟

兔子把第一个家
筑在一棵果树下
兔子用家,享受
来自上方的太阳和月亮,星星和苹果
左邻右舍草的清香,花的芬芳
邻家小妹,成了兔子的新娘
兔子就是大白兔
他的妻子小白兔

地震,洪水,饥荒,瘟疫,火灾,车祸
邻里冲突,同类叛乱,人类战争
时刻袭击兔类

兔子,就把第二个家
安置在人类的家里
狡猾的兔子
不求与人同生,但求与人同死

兔子还有一个诱惑敌人的家
当望风的小小白兔,发现
突然出现在村口的可疑人物
也许就是猎人,或疑似人流感
那么兔子全家、全族和全类
就从第一个家搬到第二个家
又从第二个家搬到第三个家
再从第三个家搬到第一个家……
如此循环往复
让那些不怀好意的东西
找不到南北

看云识天气

谁说风马牛不相及?
云和马的关系,就是云和棉朵的关系。
赶一匹马在天空高飞。
铺一地棉朵在草原轻弹。

白马,黑马。非马。

白棉,彩棉。非棉。

马飞奔,成就一个诗人无边的想象。

棉朵飞舞,为一群牧人安排一台歌舞的盛宴。

云,终于出现!

一个季节的温度,开始上升。

一个人的内心,从此辽阔。

土豆出土记

一粒土豆,来自贫贱和卑微

一把生锈的锄头,一双粗糙的大手

把它从低处举向高处,从幕后推到前台

土豆泥土取暖,雨水解渴

以阳光和空气充饥

望见树上苹果和梨的笑容,不嫉妒,不攀比

看到脚下的蚯蚓和蚂蚁,握手言欢

外面的世界很精彩

土豆华丽转身,改称洋芋,网名马铃薯

外面的世界很无奈

土豆一肥二胖,营养过剩

计划减肥,把自己一分为二
一半还给土豆,一半交与洋芋

改名之前,土豆也不叫土豆
是被黑暗欺负的小茎块、小土块、小石块
小可怜,是黑暗臆想的敌人
成吨成吨的黑暗打压它,排挤它
身体和精神一再扭曲,最终退缩一隅
攥紧小小的拳头
拼死一搏
把上天,戳了一个大窟窿

> 徐澄泉(1962—),男,生于重庆万州。著有诗集《寓言》《坐看蝴蝶飞》《与影共舞》,散文诗集《纯与不纯的风景》《一地黄金》等;编著《诗意犍为》《人文犍为》《犍为前贤诗文选钞》等;主编"金犍为文学丛书""古韵犍为文学丛书"。现居四川犍为。

飘飘诗选（四首）

海之思

在你进入我意念的一瞬
我的世界全变成了蓝色

蓝色的你很平静
平静中仿佛一切都不曾发生
不知道有一位音乐家为你疯狂过
不知道我感情的风暴把你席卷过

现在　你的确如我想象的深远、辽阔
深远、辽阔中你负载得起吗
我对你整整一个世纪的痴恋

海蛎子

我珍藏了你
如珍藏起一个海
我没想到第一次下海
　就是被你划破

你以坚不可摧的形体
　　破坏了海的温柔

现在　一切都明白了
我仍然珍藏着你
我知道我珍藏的
是一个严酷的海

很好　你使海水流进了
　　我的血脉里
我的体内才充满了
　　海的灵性

蓝色狂想曲

我感觉到蓝色的海水
正向我涌来
我的眼睛被一片蓝色的波涛
打湿了
灵魂正被它带走

我狂想着自己
躺在蔚蓝的、高洁而又悠远的天空下

躺在辽阔的、充满神奇变幻的大海上

大海里　有一座开满蓝色花的小岛

对我充满了诱惑

美人鱼雕塑

你的身体被大理石塑成

依然柔软

柔软得可以蠕动

我不敢抚你

你正在演变

被神圣的痛苦笼罩

如一只涅槃的凤凰

不死亦不悔

那无所不容的湛蓝

藏不下你

那座金碧的住所

诱不住你

人啊　真的使你如此向往

我就要到你的故乡去

目光将穿透茫茫海水
相信在那儿
你的故事不再是神话

相信有一天
一次未完成的超越
会把我变成非鱼非人
我要忏悔的时候
就俯首向你

> 飘飘（1963— ），女，著有诗集《生命的季节》。现居乐山。

徐燕平诗选(四首)

故园写意

雨
继续昨夜的心声
眼睛,在此刻追忆
史前的一段剧情

手中的钥匙
打不开崎岖的山门
故园的话题
就这样锁在木屋的记忆中

也许明天
还会有雨
那么你来吧
小木屋的结局
等你来
撰写

还是那山水

新鲜的红土
盛满野山的幽香
阳台的草叶
丰茂了心空

何必入门呢
白云悠悠
思绪悠悠

无言之唇
回答了十万个为什么
一次次解释
一次次朦胧

还是那山
还是那水
赤道
不会向两极延伸
淡淡的我们
被阳光读成斜影

有什么不可思议

给我一支笔
我就有了整个世界

抽象的天景

山顶的小木屋
是这页荒原的标题
蜷曲的波浪
飘成丰满的黑色句号

青天挥写长裙之思
草场为百花盛开
竹篮深处
蒲公英轻声低语

睡莲的梦
青绿了我的憔悴之骨
而攀枝花的红
常使我梦也成真
星光依然
云影绰约
又一张抽象的天景
从眼前溜过

生命或创造

到雨中去体验
天地交合的气势
心
被天雨涤尽尘烟

无数的担忧
枯竭了骚动的步履
苦难的历程
铸造了坚硬的身躯

拥抱我吧
人世间一切的不幸
又一个但丁
从地狱中升腾

很多很多的梦呓
浓缩成一句不朽的格言
生命或创造
归于修炼者的旅行或探险

徐燕平（1963— ），男，生于四川眉山。有散文随笔四种印行。现供职于乐山媒体界。

宋渠、宋炜诗选（十首）

候 客

一个渡海前来看我的人
如今打马从门前经过。
他手里捧着一只司南，
转入偏西的后山。
我对他无话可喊，只在檐下
拴起互击的刀片，又挂出门灯，
然后以袖拂尘、打点铺房，
静静等他回来。
这是天阴的日子，我舀出
昨天接下的雨水，默坐火边，温酒
或苦心煎熬一副中药。
不一会天色转暗，风打窗布，
这一刻那个有心看我的人
该来掀开我家门帘，
同我随便打一局无心的字牌。

1987年4月22日下午

病　中

入冬后家人们在内堂生病,
细饮黄酒,药力深长、细致。
门外有大队的人马经过,
铁器相碰,不时撞到刷白的院墙。
我们合家安居,不为所动,
一色以布缠头,在土漆的家具中生活,
思量旧日的业绩。这样
足不出户的日子多么来之不易,
让人围住烤火的炉灶,又可以
搓手取暖,无一多事可做。
我自顾想念某本书中的人物,
他们也静守家中,不分名姓,
只管写字和饮酒。
这个冬天如此清明,家人们
各自焚香熏衣,或者把玩酒壶;
只有天黑之前妹妹要下床推窗,
窗含山色,唉,望天的妹妹
那一刻脸色与山色相合,
一层薄雪正当冰清玉洁。

1987年4月23日夜中

好　汉

这些天大风稍敛，几辆马车
停在我家门前。一批仿佛面善的人
手提礼盒，神色严峻而亲切。
其中一个拿出丝绸和玉器，
形貌古旧、触手温暖，请我随他们
同走天涯，以秤分金，去天下
所有上好的店铺里换几套衣服穿。
我想起多年以前的这一天，另一批
身形消瘦的人，手捧书卷和司南，
渡海前来，劝我拖带一家老小
迁居繁华的州城。
如今时光流转，他们多数已有功名，
我还是这样起身迎客，
听他们讲述惊天动地的事迹；
大伙纳头便拜，思谋落草，
然后摆下酒席，击掌高歌，
灯火通宵达旦。
天明时我送走他们，大风又起，
我心里已经一片安宁。

1987年4月24日上午

门户之见

走过天井,一种心情形成。
有人在干枯的树下捡拾纸屑,
身段紧张,双手无端的使劲;
有人手执丹经,枯坐望天,
双袖藏起一方水土和风雨;
有人饮酒热身,顾影自怜,
十指白皙而焦灼,急欲抚琴以助。
这时我走过他们身边,
气息受岔,印堂发黑,一种
受苦的夙愿直抵心田,无法闪避。
这个下午一切暗中已定:
我虚汗不停,穿过天井,
世上许多秘密被我同时窥见。
我只想立即回房,
生病、吃药,
门关户闭,宅第一派清明。

1987年4月24日下午

平　常

有一天空中花气渐浓，房间里
亲人们各自努力吸气，
神情专注，心无旁骛；
户外突然有个老人高歌走过，
歌声打破窗纸，落在头上，
许久没有散去。
我听了无话可说，
身体里充满醉意，一连几天
不思睡眠，饮食也断绝。
秋天过后人间变凉，
我一个心思想念那位歌手，
不知他身怀一个甲子的经历，
如今又在哪一方土地游走？
转眼隆冬又到，我旧梦重温，
想起自己其实安好无事，
只是偶染小疾，一生里
都没犯下无法宽恕的过错，
顿时心气平和。

1987年4月24日夜中

无 为

某个时候,我不出门户

就已清楚天气的变化

和民间艺人的冷暖。

各个州府的消息传来,我家

有数的几个远房亲戚

如今疾苦有加,无处着落:

他们想来投奔于我,与我共举家业。

我没有多想,只是打扫庭台,

连夜烧香驱蚊,空出大部分厢房。

以后他们陆续到来,身怀感激,

口齿不清地讲述人间冷暖。

我安顿完毕,回房睡觉,

合计这许多天来的排场,

早已钱粮无算,布匹铺张。

我仍是不出一言,独处厅堂:

静待他们久居生厌,

无心与我同列本族清贫的门墙。

1987年4月25日上午

风城的居事

昨夜里内城灌风,通街门响,
一批木牌先后在墙根跌倒。
我睡在床上,听这入院的风声
刮过瓦楞和刀檐,又在
某处巷道消失,心里一阵感动。
早晨起来果然庭户干净,天气空明,
家人也气色清爽。
这时我接待过路的客商,
在长风中立定,夜衫漂白,
说起夜里的消息。
这样的情节精致、贴切,再难改变,
即使天地对转,我也会念念不忘
我在这个早晨看到的内景:
人们趿着布鞋,在街间缓行,
背后风声如一群赤体的小儿,
辫散丝乱,步子紧迫。
我无心细听,但觉万境通明,
世事从容无虑。

1987年4月25日下午

书　卷

我静坐的时候有一些动作

在体内发生，行迹隐秘不露。

屋外门灯警惕，一列刻字的木牌

在三更站定，脾气莫测高深。

我内心一壶止水，对这些毫不在意，

只是收敛烛火、放松丝弦，

目注《水浒》或《黄庭》。

这样的夜里星斗落户，满屋的书卷气

足以造就一种心境，让我

吹气如蒸，猜忖和杜撰，

暗自把握住民间的天下：

一时海内封土，山开柜立，

官家玲珑剔透。

我复又诵读，气息绵长，

城中自有门人撤去灯盏，

百姓夜不闭户。

至此空庭无遮，披蒙白霜，

我内心一壶里

亦自水凝成冰。

　　　　　　　　1987年4月26日夜中

内心生活

想起从前一件似是而非的事情,
仿佛是我失礼于人
伤害了某人的内心,
如今算来却又无迹可寻,形同想象,
不知是否清白。
我苦思良久,杜门谢客,
在家中焦心、着急,
不住搓手踱步,却又一无结果。
我计谋尽止于此,心里一阵悲凉,
朝穿堂而来的西风放开胆子,
不由得思谋自残。
第二天我在柴房中三思,
然后削制守灵的牌位,
突然想起我众多辛苦度日的家祖,
他们的忍耐和宽容
使我得以成人,同时又一无伤损:
这样平稳的安排并非没有要求。
我顿时醒转,头脑清明,
复又回到厅堂,点校家谱,
从此惜命如金,关心粮食,
精心安排一日三餐。

1987年4月27日上午

家　语

许多年来家人们不出门户，

在房间里欣赏挂图，

直看得纸张褴褛、线轴脱落，

四壁一无是处。

有时他们也轮番念书，私立科举，

以致心力衰竭，重又抱病熬药。

就这样大伙烧水烫脚，燃煤烤火，

紧扣门闩，提防冷风破屋。

我身上无力，只是

用心记住家人依稀的容貌，

以便日后想念和回忆。

他们也做出深思的样子，

察看掌纹，渴望久病成医。

这样的情景精细、纯粹，不可多得，

家人们全都怀着难以察觉的喜悦，

在房中摊牌、盟誓，

以手加额，一生里深居简出。

午时正牌我入衾安睡，绸缎加身，

帐内挂满了香袋和梳子。

1987年4月27日夜中于沐川红房子

宋渠（1963— ），男，四川沐川人，现居成都龙泉驿。

宋炜（1964— ），男，四川成都人，现居重庆。

1980年初，两人以合作的方式联名发表部分作品（约在1982年至1990年间）。1986年，与石光华、万夏、刘太亨等诗人共同组成"整体主义"诗群，并编辑出版《汉诗：二十世纪编年史》（两卷）。

潇潇诗选(十首)

天葬台的清晨

一颗空荡荡的头颅,一阵风
的迁徙,一群飞翔的白骨之灰
手牵着手,吹进了这个黎明
那些走向天边的皮肉
使阳光伸出舌头,急骤升起来

这个世界的最后一次歌唱
是铁锤跃进肉体溅出的火星
她的速度
是手指解开衣裳的一瞬
是某个雨夜之人,万念俱灰的清晨

低处的灿烂
——致趵突泉

顺着向上的生活哲学
孩子们呱呱落地
就开始仰望,开始追赶

我们仰望鸟窝，追赶蜻蜓
仰望山顶，追赶老虎、狮群
仰望另一个星球，追赶光年闪电

我们仰望所有，认为的高度
我们追赶一切，认为的远方
受雇于肉体的脆骨，多年劳损
让我们统一患上颈椎病

我们随波逐流，巷战，炮轰
虐杀。又赔偿，惩凶
是非黑白
像两根枯藤相互缠绕

如果戴上宇宙的望远镜
蚂蚁是我们的亲戚
老鼠、跳蚤、豹子、人类
就是四个卑微的名词

所以，请放下我们的身段
弯腰，屈膝
三股清花绿亮的趵突泉
就在阳光下，三朵水灵芝

这喷涌、流淌的宝贝

一直在人类的低处

洗刷着我们好高骛远的心疾

这低处的灿烂,是我们丢失的

移　交

深秋,露出满嘴假牙

像一个黄昏的老人

在镜中假眠

他暗地里

把一连串的错误与后悔

移交给冬天

把迟钝的耳朵和过敏的鼻子

移交给医学

把缺心少肺的时代

移交给诗歌

把过去的阴影和磨难

移交给伤痕
把破碎的生活
移交给我

记忆,一些思想的皮屑
落了下来
这钻石中深藏的影子
像光阴漏尽的小虫

密密麻麻的,死亡
是一堂必修课
早晚会来敲门

深秋,这铁了心的老人
从镜中醒来,握着
死的把柄
将收割谁的皮肤和头颅

对灵魂说……

你要以十万倍的速度快乐
把陈年累月的妄想枷锁
从脖子上取下来,扔掉

当你从炼狱的窗口睁开眼睛
一次深呼吸,摸一摸自己的血脉
在灵魂深处最细微最真实的波动

有多少杂音来自你假想的敌人
有多少梗塞来自你的血亲
有多少坏死来自你阴暗的部分

你不能让一切都成为可能
你只有一副肉身,一颗被逆风吹散的心
在苦难的封底,写上幸福

让生活中那些重负不够致命
纯粹为自己活一次
最短60秒,最长下半辈子

抱紧江南

江南的秋,
好多小昆虫叫哥哥,
爱熟透了……
伸着懒腰的花瓣

被雨点、蝈蝈叫开，

迎面流淌的颜色，

命令孤独与死亡的风景，

卷起一湖山水。

那些吹进骨缝的

痒酥酥的粉，

细碎的欲望，

迎着晨曦的光亮，

还有些湿润。

那个烟花女子

用突破局限的果实，

用死，喂养传统的后人。

她的汹涌？

她与黑暗的拥抱？

只有熟透的爱能隐忍……

熟透的爱……

如沉香进入她命运的弱点

她生前死了两次，

死后被掘墓，

又死了一次。

她的前世今生都嫁给了悲剧。

虞山锦峰下的旧坟，
比想象更缭乱、荒凉。
打结的茅草低着头，
像寻找葬进泥土的秘密
夜里，犀利的风
再一次冒犯入土的灵魂
这枯草败叶中开出的野花，
无遮无拦……

而那些肌肤、香料、
灯草、骨头与旧瓷，
穿过生死的密纹
倚靠一张乌镇的雕花木桌
来摆放记忆。
抖落疲惫、愤怒、焦虑、
无奈、暴力、哀悼……
一切逼近负面的词……

用黄酒洗心革面，
用梅子解开姜丝，
抱紧江南的秋色，
抱紧刚刚落下枝头的告别，
抱紧身体里
最危险的一滴晕眩

抱紧落日,
那粉身碎骨的一声喊
抱紧重逢死亡的一首诗……

正如错开死亡的《富春山居图》,
逃出一团团殉葬的火焰,
用古典、歉意的美
让后现代弯腰,
纸上残留的风景,
如罪孽般温柔。

先把死亡喝醉

告诉所有飞翔的植物
敲开,粒粒羞涩的青稞
花朵与我有了酩酊的冲动
酒杯摔倒
一阵疾风,大醉不归

青稞酒飞起来
寒冷开始后退
心像炒热的怀柔板栗
剥离嘴巴,吞吐真金白银

我已认不清这个表面光鲜

打过蜡,添加苏丹红的泛毒时代

只醉给高原的天空

醉给一片远离枝头的云朵

邀请无穷星子落座

从灵魂的缺口一路小跑

哼唱镀满月光的花儿,先把死亡喝醉

坐在词语的台阶上

我要册封:青稞为王蝴蝶为后

寒冷是温暖的一部分
——为我的画作配诗

我把今生的一部分

一笔一笔藏进了这幅画里

我与谁捉迷藏

来世高高悬挂在轮回的颜色之上

梦朝着时间的反方向漫延

白天成了夜晚的缝隙

疼痛在缝隙中成为爱的一部分

正如情爱习惯在细节中丢失
在客厅中退场

如果寒冷是温暖的一部分
活着也是死亡的一部分

一瞬间,灵魂在色彩中醒来
一个影子还原成红、黄、蓝

我又把生调和成各种绿
把死抽象成漆黑

秋天的洪水猛兽

九月的某一个日子
带有水果疯狂的气息
朝东的阳光弯下腰来
眯着眼,从窗台上偷听
那间卧室粉红色的声音

当秋天的尖叫在一张床上溅起浪花

左边流淌的洪水就越涨越高
骑在水上的猛兽
一次、二次、三次落进高潮
这时的死亡含有蜂蜜的味道

刺痛的雪豹

我常常听见血液里
那只孤独的雪豹在南迦巴瓦
幽幽地哀鸣

阳光停在痛中
寒冷瞧着我的脸
冰雪是眼泪的花瓣
融进隐痛的心中翻滚

你被生活强行推到了远方
光阴在撕裂的半路上倒下
我被卡在一团时间的乱麻中
用一寸寸挫败喂养岁月的乳牙

今夜想念拖着云朵勇往直前
天空也朝你扬鞭策马而去

我咬着嘴唇

刺痛的雪豹踏着天上的星星朝远方追赶

从一座雪山到另一座雪山

从京城到世界的边缘

从悲到喜,从合到离,从生到死

有时,一个词

秋天,通过黄金的十月

嚼着舌头,叫来

一杯杯烈性的二锅头

眼看着一首诗的光芒缩进肉体

把人心弄得飞起来

有人在一口气中出走

有人在一个句子中悔恨

有人在借一些词语杀人

一场暴雨像耳光落了下来

秋天,这黄金的软有些招架不住

有人借着酒劲用假象来支撑，却忘了
有时一个词可以要你飞到天上
也可以要你生不如死

潇潇（1964— ），女，诗人、画家，四川犍为县人。"中国现代诗编年史丛书"主编、《大诗歌》《青海湖国际诗歌节特刊》执行主编。1993年主编了中国现代诗编年史丛书《前朦胧诗全集》《朦胧诗全集》《后朦胧诗全集》《中国当代诗歌批评全集》。著有诗集《树下的女人与诗歌》《踮起脚尖的时间》《比忧伤更忧伤》等。现居北京。

龚静染诗选(十首)

傍晚的小孩

小孩　你不要走进傍晚

像可爱的七星瓢虫　在花园深处

在树荫之下　迷失

小小的身影

蝴蝶早已飞走

花朵不再说话　小孩

你不要走进傍晚

在水渍中看见流云

遥远的秋天里

你拾着麦穗

你的手里　是最初的粮食

它们在傍晚　金黄色的傍晚

把大地的疼痛轻轻地释放

现在　你该回到家中

如果你是我的孩子

我会多么的爱你

夜就要降临　你的心会被花香熏迷
脚印会让蚂蚁搬走
身影会被晚风吹跑
傍晚的小孩
你不要离我的眼睛太远
你的孤单　会让我憎恨黑暗
和这个世界

1994年10月

上　升

正说着话　我就想起了小镇
和一个过去的春天
你的声音有一丝　是属于故乡的

多少年了　这种感叹太轻易
"木槿花蓝得像一个女子"
我说的是一些往事　还有小镇
一个过去的春天

上升的电梯
树尖的绿让人晕眩

风中　鸟的痕迹波浪一样掀动
春天里的一个　正缓缓来临

降临的青草让我们回到大地
寒暄后的沉默只因　我们曾经相识
只因陌生和熟悉之间
春天戛然而止

一切都源于鲜花　渐渐
欲望的心　它们把每一个春天
复制得如此相似　让往昔来回走动
"木槿花蓝得像一个女子"
电梯里空无一人

1997年3月

未名之旅

我不知道黄昏是什么时候　罩住了
这辆孤单的汽车　莽撞的发动机
在飞扬的尘土中号叫
两只充血的灯泡照出了前行的悲壮

路边的石头渐渐变冷
连绵的河流　树梢中留下的一抹余光
让生命中的疼痛隐隐上升　而夜晚
正向着相反的方向溃败　车轮里的悬崖
贴着银箔　头顶的废墟挡不住
一根羽毛的飘落

黑暗将会点燃女巫的歌声
苍白的冷月被乌云遮挡过一万次
昏昏欲睡的人被莅临震醒　他们睁大眼睛
看着巨大的黑暗　在陌生的旅行中
我仍在想着晚霞的青春和美貌
我还想象着一瓶酒在心中燃起的篝火
但是它来了　黑暗中只有风　只有
孤单的速度　和一条冰凉的旅程

前行　既定的目标坚定得近乎荒谬
这时如果可以　我宁愿选择返回
我甘愿一辈子沿着曾经的道路无功而返
但决不选择漂泊　车窗在这一刻砰然关上
不是我　是我后面的人打着寒战
他伸手的一瞬　我就知道他渴望回家
在一个我不知道的地方　四季分明
每一粒麦穗都饱含着回溯之力

漂移的温暖在哪里？妇人怀中的婴儿

他的嘴角还残留着几滴

月光一样的奶汁　这是当露水爬上

草叶的一刻　谁的泪水滚过了大地

梦想的碎渣飞溅　而我蜷缩在

被主宰中一路狂奔　迎面撞来的

几盏小灯　让黑夜血流如注

一片混沌　旅行漫无意义

浑然一体的世界正在孕育　正在播撒

弥留中的沉思　尘土扑打着车窗

我听见心跳在加速脱离身体

它像一只重重的拳头　猛击着黑玻璃

而被抹去的地平线上　还会出现

明朗的天气和平展的道路　仿佛一切

都将过去　远处的尸骨上正绽放着鲜花

一场春天里埋伏的种子

在我们的飞奔中点燃　看着

那些青春的野草化为泥土　看着

那些梦想的烽烟被风吹散　我就知道

这样的旅程　一生只有一次

它不会反顾也不知来去　它奔跑着

时光之鸟在冥冥中飞翔着　它们通过
前行的方式　在生命的岁月中秘密相约：
一个抵达天堂　一个直奔地狱

1997年11月

霜　降

这一天我打了三个电话

一个是儿子
他还在念小学
总把ai念成ei
每周三他都会站在卡亭旁
等待我的电话
他厌倦借宿学校
说话像在哭
回去的途中他要穿过操场
而鞋带永远没有系好
这个我完全知道

一个是老婆
正在参加礼拜

面对恍惚的生活

她也相信一点上帝

当年她还是医院里的护士

病人和爱情

都需要照料得细致入微

但在针头和尖顶之间

总有细细的隐痛

一个是朋友

很久没有通话了

只是想聊聊天

他是个充满激情的人

要是从远处回来

他一定戴着顶毡帽

当然他已经走遍了大好河山

但他就想去一个能给毡帽

插上翎毛的地方

打完三个电话

我就感到了饥饿

看了看日历

今天是霜降

2005年霜降之日

早上的乌鸦

我又看见了乌鸦
那是一个晴天的早上
树枝轻轻地颤动了一下
我就看见了乌鸦

在松潘
大群的乌鸦追着汽车
它们在头顶上
呱呱乱叫
黑色的羽毛四处飘散

那是个非凡的早晨
或者说是一次
非凡的睡眠
林子里出现了一些人
他们互不相识
乌鸦在树枝上颤动了一下
我就看见太阳
升了起来

2006年10月

地上落满了黄叶

从外面回来

我写下这样的字句

"太阳很好

地上落满了黄叶"

在冬天的成都

这样的天气难得一见

我沿着河边走

碰到了跳舞的大妈

在操场里走

看见一群骑车的孩子

在天桥上走

听见卖哨子的手艺人

吹着好听的单音

那一天我走了很多地方

像在春天里

像是漫无目的

但现在是初冬

穿着厚厚的棉衣

我看到了松动的纽扣

解开的围巾

和倾泻而出的树枝

那些明亮的瞬间

而这时我应该走到

地铁口前

去告诉里面的人们

外面太阳很好

地上落满了黄叶

2015年11月

雨打浮萍

雨使劲地打着浮萍

打它们的脸

噼噼啪啪的耳光

又重又狠

像在抽打着我的童年

一万颗雨

都打在一张脸上

雨的牙齿四溅

浮萍被打得摇摇晃晃

那么小的脸

挨了一天一夜的暴打

眼睛和鼻子肿成了一团

而两只被打落的耳朵

沉到了水底

2016年8月

说　话

那是个下午

麻雀在林子里喧闹

癞蛤蟆在水边发呆

狂吠的狗守着

返青的土地

我停下来抽烟

并顺手扔去一块石头

豆荚开裂

动了一冬的胎气

四周坐着哑巴

而那块飞出的石头

突然开始说话

它说的是——

桃花　李花

李花　桃花

2017年3月

天生可怜

饿的时候就能写出诗

冷的时候

想哭的时候

发愁的时候也能

饿了的乌龟

落单的鸟

冻了一夜的狗

它们或许都是诗人

诗人天生可怜

诗会让那些饿的人

冷的人

想哭的人

和发愁的人

好受一点

2017年7月

汉　堡

突然想起去吃汉堡
走了很远的路
一路上都在想这件事
记得很多年前
我带着儿子去肯德基
他在身边跳来跳去
那是他最快乐的时候
我喝着可乐
看着他把汉堡吃完
然后回家
那时他像头喂饱的小猪
搭在我的背上说：
爸爸，你还要讲个故事
那些故事会让他睡着
那些故事自己也会睡着
但这一天我独自一人
去吃了块汉堡
在回去的路上慢慢嚼着
嘴里的残渣

2017年10月

龚静染（1967— ），男，四川乐山五通桥人。著有诗集《影子》，随笔集《小城之远》《桥滩记》，文学故事集《我们的小城》，长篇小说《浮华如盐》《光阴交错》，非虚构文学作品集《昨日的边城》《新塘沽往事》等。主编有《中国第四代诗人诗选》。现居成都。

阿洛夫基诗选(八首)

在凉山

在凉山
心伤了
钻进阿妈的披毡里
让她裹紧

太阳下山的时候
喝酒吧
是是非非都是一碗酒
在问候或嬉闹间
自己回到了自己的身体里
月亮出来的时候
唱歌吧
恩恩怨怨都是一首歌
唱着唱着
你会变成妹妹嘴里的词

在凉山
睡眠总是甜甜的
一觉醒来发现

血管里回响着
金沙江的涛声

山　情

父辈们代代守着
一座座的山
他们死了
这山就归了我

他们死后，火葬在山梁上
尸骨铺高或壮大山体
魂魄化作草木和森林
山成了我名副其实的故乡
风来了，我喊一声爹
你要穿好衣
雨来了，我喊一声娘
你要盖好被

再后来
我把山扎叠成行囊
爬坡涉水，穿街走巷
山啊，我背不动你

山啊，我会背着你

母　亲

母亲做的荞馍

圆圆的、黄黄的

馍上有她粗糙的指纹

我常把它捧在手心

细细打量

生怕咬痛母亲的手

母亲唱的乡谣

凉凉的、甜甜的

像春雨，滴滴答答

一直飘落在童年的天空

我不知道她为什么

边唱边含着泪微笑

一唱，春天就近了

再唱，时光就远了

我啃着荞馍走过昨天

在远方一回头

母亲就成了山冈上小小的坟茔

那是世上最美的角落

让人牵挂，令人担忧

风一吹

风一吹

风就成了自己

轻轻一扭腰

路边的草们

开始慌张起来

一下午不停地抖索

不远处，几株荞麦秆

不顾一切地抱紧对方

一松手，从此便是天涯

只有眼前的石头

不动声色

一如昨天或前天

凉山的月亮

凉山的月亮

笑眯眯地

送我们到山垭口

一回头
发现她踉踉跄跄
向前挪了几个半步

回吧
你儿已长大

亲　人

只有在这里
人神共居的凉山
山是水的亲人
水是云的亲人
云是鹰的亲人
鹰是我的亲人

我死了
它们替我活着

回　乡

先为一匹马让路
又为一只羊让路

牛在路边傻笑
忘了应它的话

再朝前走
怕见到她
怕见不到她

送葬的路上

谁也说不清这种心情
只有毕摩喃喃地念着
"大雁飞过了头顶
一个人没有了影子"
但不要太想念他
心会变成九座山
山垒山高，挡住归去的路
泪会变成七条河
水涨潮涌，淹没归去的路

"白云越过了山冈

一个人走回了昨天"

但不要太牵挂他

活着就是把自己的亲人

放心地埋掉

而我们火葬的是他的噩梦和过失

他不会离开,只是隐了身

> 阿洛夫基(1968—),男,彝族,曾用笔名阿洛可斯夫基。著有《黑土背上的阳光》、《没有名字的村庄》、《月亮上的童话》、《情满凉山》(彝文)、《阿洛可斯夫基散文诗选》等专著。

20世纪70年代

韩冰诗选(五首)

红薯叶

红薯叶是大地的耳朵
倾听五千年来农事的沧桑
当我从田垄走过
多少酸楚的心声,落入了
它们的耳根

红薯叶是沉默的见证
从一朵蹄花里听见了血汗
从炊烟里听见了农人长长的叹息
从遥远年代的悲伤里,听见了
现在和将来

多少人忽视小小的红薯叶
这只柔软的漏斗
过滤了祖宗朴素的感情
从颗颗血汗里筛选出
多么肥沃的泥土
红薯叶,洞察土地上的一切
我们苦苦的挣扎

和丰收的喜悦

大　雪

人类的沧桑，尽收眼底
一切多余的事物，被大雪埋没
生命旋入一张白玉的唱片
转动人世的九曲大道

我要在雪原上默立
聆听天籁敲响旷古的时钟
物质的瓜葛，已多么苍白
我要亲手拆开整场大雪

这冻结的光阴开始流动
这天鹅的故乡
盛满宁静的飞翔与深思
大雪啊，梦幻的羽毛穿越时空
请护送我到更大的雪中
像一朵飘零的冰花
回到大地和园丁中

诗歌：2月19日

片刻的午眠算不算奢侈
弓着背穿行于大地
算不算悲痛
那消逝的幻影重又浮现

横亘白昼的大道，我已认清
与我名字有关的事物
大雪，霜冻，爱人的眼神
熊熊的光和语言
遍野的麦芒，嘹亮的秋日
春啊，由我独自吹彻

高过天空的草场和云朵
怎不使人留恋
它们竟低于我的眉梢
压住了上升的风向和尘埃

在一个名叫五通的角落
片刻的午眠由谁赏赐
难道是生活，它鞭打着我们
像一节甘蔗，我要全力撕开
满嘴是血，我仍然要撕开

春雨里想起我的命运

这个时候,下起了雨
一条条针一样的小河从天上
娓娓而下

先行的哲人们告诉我
春雨贵如油
我的朋友,那么
此时我就是油锅中的一条鱼?

而这个世界上哪些人
是锅边斜放的几双筷子?

如水的春耕

身陷都市
把矮小的农民装进信封
邮回春耕,他们的老家
起伏的山峦,水绕竹荫
谷种飞扬,小鸟的嘴,一群
粮食的嘴

沿着稻田的水纹

轻吟开去

风在播种

柔韧的双翅滑过水面

留下一抹淡绿

在农人宽大的手掌

袅袅升起

农民幼小的乳儿,立在小路

这根枝条冒出的春芽

撩开雾丝,注视着

他们的母亲,鲜嫩的乳头喂养着

如水的春耕

韩冰(1970—),男,四川乐山五通桥人。20世纪80年代末开始在《星星》《足球报》等发表诗文和足球评论。现为职业律师。

龙小龙诗选(四首)

清明雨

是谁用手拿湿漉漉的橡皮锤敲击一切?
花草、树木、天空、大地
还有屋顶的瓦片。它拿捏的精准度令人暗叹
溅落下来的声音,不重,也不轻

就像老皮匠密密实实地敲打着牛皮鼓的边沿
——他们倾注一生的艺术
就是在尘埃上敲打出一簇簇细微的花朵
来修补俗世的创痛

许多时候,我们闭上眼睛也能清楚地感受到
这无休无止滴落在人间的清凉

与父亲对弈

江河为界
其实有时不过是一墙之隔
肆无忌惮的狂妄

敌不过桌面上的冷静对局
耐性的等待替代无言的纷争
这是咱休闲人家的家务事
旁观者不语

我的目光充满狡黠
安排的车马炮在嘶鸣
木质的内核里暗藏杀机
我的意图其实很简单
终于可以狠狠将你一军
回报你在我屁股上抽打的鞭痕
父亲，战争不懂得血缘亲情

目光回落。侠骨化为绕指
我这一枚关键的棋子
在父亲老眼昏花的期盼中
已悬浮大半生了
在某种道义的沙盘上
充其量是平起平坐的孪生兄弟

父亲，我们对弈一生
永远都是和局

柴 禾

大雪封山
众生在巢穴里
抱团取暖,假如一群蝼蚁
在木头里栖居,却不被发现
灵魂,就毫无意义爆裂
在炉火里,化为一把灰的寂寞
难怪,生火之前
我的老乡总习惯用刀背
敲一敲柴禾
赶出它们体内的虫豸
在我看来,这一个小小善举
足以将一切寒冷击碎,足以让整个冬天
都环绕在一团看不见的
火焰里

春江花月夜

一

从唐朝青霜瓦片出发
步子轻缓,水袖衍生烟云

乐府的藩篱溃败,她是劫后余生的花朵
随一袭香隔岸飘来。藏在水草的芳心
惊起一江涟漪和一尾青鱼

夜风发源于睫林,胭脂红在指尖发芽
琵琶弦上,青丝白发犹在
那些韵律随裙裾飘飞,被我嫁接于柳枝上
或者月光下。我这漂泊的游子持一支笔
醉卧苍茫大地,与她联袂演绎

二

我把江水揣在怀里上路
月圆花开时,打开包袱便是阵阵涛声
切近而又遥远。载入月色构筑的底蕴
我锈蚀的灵感被激活,如泪泉涌落
字字珠玑,浸透纸背

她的香手帕,沾满我失落的马蹄
也曾踏一路波浪,直泻千里
她举起烛光,徒步穿越唐朝
被远古的潮水逼回良宵。展开八百里画轴
无人追问帆影。人间离合悲欢,层次分明

三

梳妆台不用修饰和铺陈
请相信我,让我完成叶子的心愿
在百花吐蕊的季节里,修建宿命的工事
你羽裳翩跹于枝头,多像绝美的诗笺
不堪孤寂,远走的不仅仅是鸟鸣

还有我的梦幻。我的春愁是一场疫情
也无须问,你播撒花粉,氤氲谁的人生
请将因子遗传,写下信仰的成分
盛开的公主或女王啊,我愿躬身为奴
为你清扫今生前世,燃烧后的余烬

四

那一片银辉漂白的大地
是霜雪浸染的归程,家却在千里之外
耳畔彻响,万户捣衣声
江南的杨柳小巷,阁楼上软语呢喃
这些温暖,让心里的冰山轰然融化

纸窗上倒映着,在水一方的京口古渡
仅隔几座山的钟山,梵音渺渺

那是寺院垂暮的老者在超度众生
今夜，在月亮的怀抱里，扁舟越来越瘦
搁浅瓜洲沙滩。细述若虚的梦幻

五

夜是一泓偌大的水潭
许多梦想簌簌掉落，像花瓣一样
或许果实的孕育漫漫无期
既然，采撷的手握不住时光的流转
又何必在未央的黑里独自怅叹

今夜，我不再沉溺于流逝的昨天
丝竹笙歌，霓裳艳影，红颜已成过往
我载一船星辉归梦。你是否看见
月宫正长满青草，天下离人翘首的家园
忘川的尽头，黎明的光芒浮现

龙小龙（1970— ），男，四川省南充人，现居乐山五通桥。著有诗集《诗意的行走》《自然的倾诉》。

罗国雄诗选(十首)

羊站在月光的筏子上

一根根的草立起来

羊毛在羊身上膨胀

从夜的黑发里走出来的羊

一根美丽的辫子

发着光

一只羊踩着风的台阶

经过我黄昏的洞房

远方的草原藏着她的脚趾

她的目光在路上停留

一座洁白的雪山

夜雾在下降中闪现

清纯、高远的钟声向暗中传递

风中陷落了梦中的楼兰

峭壁的裂缝里

平静的河流

徐徐转动的夜晚

在冬天,在星辰下
一张洁白的绒毯
羊站在月光的筏子上

1998年3月

回家的蚂蚁

暮色拥挤。火车的一个个抽屉
急切地抽出这些贫穷的身影
一群蚂蚁,公拉母,大牵小
背上的生活一层裹着一层
从深圳到成都,一路被铁轨碾压
渐渐薄得像家中病魔缠身的老蚂蚁
短短两三声唏嘘

这些奔波了一年,衣兜里装满
屈辱、争吵和狡谲的蚂蚁
抖动着触须,在一包假烟的焦躁里
与检票员红脸,同小偷干仗
他们曾为儿子的学费咬破过上唇
为工友的伤葬费咬破过下唇
他们中的某些,为洪灾捐过款

为癌症患者献过血，一个还与抢匪搏斗
差点就没了命

现在，车到火车北站
两塘村——那个黄泥巴的故乡，还有一百多公里
这些疲惫的蚂蚁，三五个挤在一堆
像几个沾满灰尘的洋芋，把仅剩的一身尊严
和还算干净的灵魂，在车站的墙角卸下来
清冷的月光照亮了他们脸上的兴奋

2008年4月

树会成为自己的虫子

一棵树从来不是寂静的
风使它起伏过　雨令它动荡过
连梦里都尝试着　挽留一滴
松针悬崖边的露珠——心上的微澜！
却在伸手之际　"啪嗒"一声摔碎在地
颠覆了它年轮中的祖国和山水

一只聪明的虫子从来不占据谁
只选择在听不清的方向

看不见的地方　说不明的原因下面
或者　一个假想的事件里
与树对峙　像两个不期而遇
的反义词　有着与生俱来的冲突

现在　虫子的内心在玩火
它把一个人雕刻在树的心底
却把三千丈月光流放到黑暗中
树已经无法控制这场风暴
宁静　这短暂的健忘症患者
刚把伤疤缝好　不经意间
又泄露了它体内更大的苍茫

虫子和树这对天敌
如尘世的爱在相互撕咬
说不清谁走得更陡峭　更累
像两个人　一个可以成为
另一个人的梦想　心跳和呼吸
而另一个　已经变成自己的对手
像一根肋骨或一个神经绷紧的情人
在遥远的地方　呼喊出疼和痛

其实　树在很多时候
会成为自己的虫子

2009年6月

怀疑身体里住着一个女人

我怀疑我身体里住着一个女人,我怀疑
我四十一年光阴都是为了守住这个秘密
一个住在身体里的女人,和我骨肉结盟
并在我身体里分娩爱情,旺盛地生长故乡

我怀疑我身体里住着一个女人,我怀疑
我已被灵魂附体,我是她的上门女婿
而她是我欲望的首都,我所有的热爱
都源于她在我身体里制造的火焰山
让我挣扎、呻吟、内心发热、错乱
既复制寒冰,又承受温暖

我怀疑我身体里住着一个女人,我怀疑
她就是我的爱人、姐妹、母亲,或是将善良
传递给人类的天使,在平凡生活的掩护下
用一根关爱的线,密密缝补好我身上的破损
让我的心,从盐水里出浴,从此干净、晶莹

身体里住着一个女人,是冥冥中
神的赐予,还是生养我的父母,给了
我男儿身,又让我拥有了一颗花儿般的
女人心,让我学会包容、轻盈、湿润

和幸福的战栗,并用时间的文火
慢慢煨热这世界的清冷

世界啊,我因为爱你成为儿子、丈夫和父亲
世界啊,我因为爱你变得敏感、焦虑而且多情

       2011年5月

碎 瓷

她曾拥有丝绸般的润滑、质感
和水样的不可捉摸。肌肤上
的血管,像一条条蓝色多瑙河
春天在她眉心,复制蓝天,复制
少年不识的愁。瓶装的青春里
命运的涟漪,掀起一个个慵懒的海
那海,能打湿大地的嘴唇
抚平心灵的皱褶……

那时,她是清晨的玫瑰,多么
炙手可热!内心骄傲,轻易就
呈现出了美,那美是不可知的
因为她含苞未放,像一束光

安睡在眼睛最深的闺阁……

我走近她，只是想看看
那轻盈翻腾的水，流向了哪里
就失手打碎了一切……

世界是不是真的无法容忍完美
要让美破碎，完成另一种形式的美
——如果你还有勇气，说出爱
就得承受一种劫后余生的痛

2011年5月

让木头回到家具

一根沉默的木头
如何回到树与羊群中间
与枯枝上小小的春天
一起发芽

这个远离森林的亲人
长满了思乡的青苔
生活的灰尘落进眼睛里

风借助一场大火

烧尽岁月的荣辱

和皮肤上曾经羞涩的爱情

唯一繁荣着

骨头里绵密的期待

现在,一根沉默的木头

需要一把斧头和锯子

把自己做成一把椅子

跟随一片暮色

回到家具的温暖里

让那个手持毛线的妇人

卸下一生的困顿

2012年7月

花　湖

细雨如丝,争着与春风过招

要在这绸缎水面,谈情说爱

入赘尘世的云翳之花,有的在变白,有的已变蓝

月亮的花环,挽手寂寞山冈,卸下坚硬的鳞

焕发出瓷片的光泽,安坐在草绿色的信仰里

时间和流水停留在这里,神的孩子与世无争
这些索玛、珙桐、兰花,这些桫椤、连香、水青……
无数的声音都在叫醒,天空和大地清澈的眼神

一只蝴蝶,从我的呼吸飞往你的呼吸
大风顶啊,一年的山水又开始奔忙
牛羊缱绻,碧草连天,百鸟率舞
风起云涌的海,满怀喜悦又回到人间

2015年11月

云深不知处

经暴风坪,过斯泽拉达后,飘忽起来的
有汽车、行人,沿途风景,还有弹琴蛙清越的歌声
世界,仿佛一下子就进入了云的故乡

那些云,像是马匹,在这深山里咴鸣驰骋
又像是轿夫,抬着牧人,抬着羊群,甚至抬着
大大小小的峰,到更高处:让大小相岭次第升起;
五莲峰与金沙、岷江相望;黄茅埂是情感的分水岭;

在觉罗豁让雄鹰歇脚；让摩罗翁觉高过金顶万佛顶，
看见比峨眉大光明山更大的光明；让贡嘎神峰，把
梯子伸到天边，阳光下白雪变红毯，迎接仙的驾临……

到了大风顶，来历不明的奇峰异石恍如棋局
在人神分野的草甸上对弈。我在它们中间穿梭
如抵域外星球，或岁月的一侧。在这颗星球上
每挪动一步，像日月在散步，又如未遂的光阴
在聆听，飞鸟的鸣啭。苍穹和群星搭的帐篷里
索玛花是点燃旷野的火！而这一切都发生在马背上
就像我们乘车穿过草甸，只感觉到颠簸，并不知
谁才是真正的骑手？控制了马的呼吸，就控制了
旷野的起伏，以及那从涓涓细流，汇集到
一个无影无形容器里的时间之水……

云深不知处。多年以后我仍心在云端
看群山战栗，用一个梦丈量另一个梦
以此抵消灵肉之间相差的海拔
彼时，天地朗廓，万物敛气息声
唯有星河呼啸而来，像临终关怀
我的爱，在云端，无论望高瞰低
都有无穷无尽的眩晕……

2016年12月

云上苗岭

初雪夜，大地懵懂未醒
阿打从古井里舀出一轮明月
阿达生火把她烧滚，茶碗端上来时
拨开浓淡不一的雾，阳光撒在桌沿
一朵白云落下来，靠住椅子臂弯
抿一口，就能喝下一山晶莹冬景
低头沉思的天空，和热泪盈眶的一天

小凉山逶迤，风在很远很远的路上
金沙和岷的儿女在寨外分手，它们途经
屏山、雷波、马边、沐川、犍为，在宜宾
找到失散已久的亲人，被长江那匹锦缎
拉着体温一致的血肉，去赶梦的海

当灯笼高悬，彩旗飘飞，花杆矗立，群山起舞
尘埃之上的事物，比如羊群，比如凋零的花朵
在玛瑙村高海拔的爱情里，再次听从内心的召唤
从一把把岁月的刀锋攀岩而上，直至葱茏的顶端
真正打通春天的灵魂，在天空养马，筑白云的巢穴
放牧缥缈炊烟，胸中留出一两幅山水画的位置
把内心的温度调低，调到山泉的幅度
再从高处往下看，地上的倒影

如昔日，慢慢隐去似有似无的痛
……

往事颠覆，是为攒足前去好日子的银两

     2017年1月

槐花几时开

我在回忆里上着
永远未能去上的声乐课
母亲站在村口
身边，紧跟一棵槐树
没有开花
也不会唱四川民歌

一条小河穿过村子的肺
河水有过清澈的童年
牛儿在河堤上吃草，真好！
我能听见它的心跳
在交付流水之前
与母亲的唠叨
有过晶莹的和声

槐花不是不想开放,而是在等
一支山歌,从槐树身体里,扬出飞鸟、蝴蝶
扬出舍利、菩提,直至冲出槐荫,高过远山
高到了天上。异乡的我,抬头看见星星
扯起嗓子高喊一声:亲娘!
——槐花终于忍不住了
洁白的头颅,扑簌簌地落了一地

母亲走后,槐树代替一个老人
孤独地守在村口,一年一度
把自己开成了一个雪人
在我的记忆里,它是群山的中心
永远也不会融化。宁愿被
芬芳的儿女,压得直不起腰来
也要从骨缝里,挤出一片绿荫

2017年8月

> 罗国雄(1970—),男,祖籍广东梅县,生于四川眉山,现居四川乐山,民刊《诗行》主编。作品曾入选"中国5·12地震诗歌墙"及百余种诗歌选本。著有诗集《幸福燕》《遍地乡愁》等。

程川诗选（五首）

大雪偕友行

丙申年1月24日。大雪
十年难得一见，佳期如梦

蜀山、峨眉、青龙古镇。哥几个
就像刚放出囚笼的穷汉
面对满天散落的碎银
欢喜得手足无措

尽数买来破落铁匠铺的
炉火。温酒、煮诗
在着墨的空巷深处

俗人不知去向
独与雪厮混。天地尽簌簌

橘子红了

仿佛一夜间

橘花就覆盖了春天的枝头
在你的鬓角和顾盼间
摇曳，洁白的娇羞

春风不解风情
热情似火的阳光却无孔不入
芬芳受孕。青涩的心事
让漫长的夏日不再沉闷
雷霆也化作细雨
在青枝绿叶间呢喃逗留

当橘子穿上红红的嫁妆
红红的灯笼点亮故园深秋
唇齿相依的脉脉心迹
让谁一次又一次动情地回首

酸酸甜甜而又温润如初
仿佛一千年
难舍难分的橘皮啊，也入了药
医治游子难以愈合的乡愁

旷野上的灯火

看着近实则远
我们隔着——
冰冷的玻璃,冰冷的人情

你近它远,你远它近
诱惑刻骨
一生的追寻就为了觅到一条捷径
靠近这朵战栗的幸福

如约而至,在时冷时热的阳光中
在时急时缓的雨水里
旷野上的灯火
是泥泞沧桑间优雅行走的花朵

旷野上的灯火,日日夜夜
与囚于我体内的烛照呼应
我虔诚地为它们续上灯油
——用我这尚存余温的血液

小　镇

小镇很小
风一样向往远方的人来说
小镇小得就如眼中的一粒沙

土著的蟋蟀眼里小镇又很大
风来雨来，静听众草喧哗
大得装得下——炎凉的四季
跳崖的落日。装得下
出浴的月色，轮回的生死

却装不下一粒沙硌痛的乡愁
小镇真的很小
在一滴泪里沉浮

方　言

我不会说普通话
我不想去迎合谁
我说中国话
土里土气的中国话
许多中国人未必听得懂

我只说给我家院子里的鸡鸭猫狗听
生性羞涩的老牛也抢着回答
我只说给我家院子外的庄稼听
那些平常我不大爱搭理的花儿草儿
也围上来，伸出耳朵——
一朵朵敲门的花

我知道普通话很流行
像铮铮有声，削铁如泥的官话
像酸酸甜甜，没完没了的韩剧
像水，像空气
流淌在《新闻联播》里的真理……

我不会说普通话
我的世界就这么大
我不想去迎合谁
我的心眼就这么小
与相依为命的方言
走不出这方真实的乡村山水

程川（1972— ），男，四川乐山市市中区人。现为乐山《三江潮》杂志编辑。

老非诗选(四首)

我们无法接近一切纯粹的事物

> 主题并不重要,没有主题。
> ——贝克特

那条悬念的鱼无疑是从空白之处
潜入我的身体的
由悬而未决的虫眼　无序的折光
构成
玻璃是另一个方向的涂鸦
蚀刻
风向标上的水滴　和　谜语残酷的底色

我们终究是自己无法穿越的门
终究是自己萧索的景深

此刻　我们必须在内部承受
溃败或者悬念的碎片
神圣或者罪孽的分解动作
咳嗽毫无征兆
多声道划痕或者咫尺无形的围栏

搅动
花瓣扭曲的逻辑　此刻　请暂停一条幻想的鱼

我们注定是无法进入一条鱼的
诸如
在一条玻璃的鱼腹收割乌云
洗涤一根白骨
谁在空荡荡的天空　砍伐　上帝深不可测的耻骨

未　卜

那些需要搭建的躯壳　如此轻浮
浮标　模拟着塔顶
拼凑一束无形的鸟
一切都是动荡的　激光或者雨水反击的
歧义和摩擦

你说：在曲线的空间　是不可能求出直线来的

是的　必须在低垂的芦苇之中高举着焚毁的酒精之旗
扮演浑浊的神明　六月的坠地者
发动瓦解的水
然后转述　或者英勇　或者欠妥的默契

在声音的外壳　安埋　一个常规的人

与上帝的合欢中，请保持持久的虚脱和永恒的羞耻

我们就这样漫无目的地说着　深渊
水或者局部不溶于火
不能忘却的不义　欲望或者杀戮
刀刃上的饶舌　吐出酒精气泡里的指控
反光吞噬一切　独唱　在证词最漆黑的中心

一切都是延迟了的复仇
禁闭之后或者癫狂之后　撞击成一个不规则的虫洞

我们间隔着如此幽深的距离
灰暗　无色无味　艰深地复制
涂抹色彩之后　一切都显得如此荒谬
诸如　一朵花的敏感度
极致的控诉或者挣扎的权限　冒充正义的黏液
黄昏早于一切降临　残缺的四肢　抗拒一切不祥的光圈

你说：与上帝的合欢中　请保持持久的虚脱和永恒的羞耻

此　刻

此刻　一切怀疑都是开放的　由太多的裂片构成

我们仍要坚持重返那些草率的生活

作为一种省略的方式

去搜索一切失踪的途径　瞄准某一个手拽着日报的人

（在某一时刻　他扮演了一只驯鹿的警惕

一种别样的判别　或者激进的标题）

直到我们都成为阴影的面积　从镜子里折回野性的耳朵

我们正在途经

分歧　刀锋　激光切割术或者尚未完结的呐喊

校准　摇晃的草图和标准的台词

扮演虚拟的盾牌和子弹的痕迹　吞噬一只突发之手

盘子里空无一人　雨水正在漫过一切

柴火　时令蔬菜　半条鱼　困惑的铠甲和解剖方式

是上帝在涂鸦还是在嘲讽　悖论的锯齿上

悬挂着广播的鱼鳞　乌托邦残缺的页码上暗中晃动的城堡

此刻　是可以抽取出一些幸福的

从废弃的门和衣物　偏激的利息　闪烁其词的灾难和无穷
　　尽的背叛

你说：一切废墟是从内心开始腐朽的

你说：你看　那些死亡如水　在盘子里虚拟着三文鱼

老非（1972—　），男，本名李飞，现居乐山。

贝史根尔诗选（四首）

致佳支依达

佳支依达啊

神灵的居所

你的清新的晨风和清爽的早晨

洗浴我的视线和肺叶

你的密林和欢快的鸟叫抚掠我体内每一器质

你的第一缕曙光像金子一般照在背风山顶

门前的一条河

叫大渡河

涤荡一切，容纳卑污，不屑豪迈

缓缓的，有时像女子舒展丰姿

有时洪水决堤，像一个武士掳掠而过

人们在你的四季里变成旖旎的小舟

屋后的一座山

叫特克马鞍山

屹立在黑竹沟雄伟的腹地

古稀丰饶的植被，栖息万千珍禽异兽

佳支依达啊

你就是我的父亲支格阿鲁和母亲甘嫫阿妞

你有没有看见我的阿达

纺线的阿玛，你有没有看见
我的阿达在佳支依达街上喝酒
白天和通宵，堂皇的酒店和灰色的摊子
多少人说他的闲话
多少人说他的好话
多少人疼惜他，又有多少人心爱他
他常常和他要好的朋友们一起欢会畅谈
言语关切，做了啥梦或者哪个创了奇迹
酒过三巡，豪言壮语，不管有没有酒钱
吐得翻江倒海，下一顿酒还是不可救药

擀毡的阿普，你有没有看见
我的阿达走进村子，村子里的人们
穿着彝族衣裳就像水楂子一样亲切晃眼
族人的举止谈吐是他骨子里无声的回应
他喜欢彝人古老相传的口鼻，说唱赛智
今儿可有人户杀猪宰羊，就去喝酒吃肉
他在攀亲拉故的聚会里是那样心满意足
有时心里为人世的事情幽怨而哀伤

勒琪拉达的两个残疾小孩深深牵动着他
村寨平安是我阿达心中最珍贵的愿望

在街上碰到一个老彝胞

我盯着他

他也盯着我

像一只熟悉而亲善的鸟眼

戴着绕山头帕

身披羊毛毡

这个须发麻渣的高山老彝胞

脸上燃着积雪

手板堆满酷热

内里滚动岩浆

肺里山风

肠里圆根

血液是植株的纯净

他盯着我

我也盯着他

像一只獐子，或者野牛

灵敏，警觉

满身山岚，天光，鸟鸣

这个晃着高大身影的老彝胞

外表峻嶒，内心桀骜

很多年的很多年

以为他已经在村子里死掉

结果还来蹭街

他拥有整个村庄和原野

热情，以及所有彝族习惯

彝古谣赞

古谣啊，美丽的古谣

你摇晃涤荡着生命

像深海的鱼群在底部翻腾

我们的深心为你抚摸

彝人那不安的波动的心魂啊

听到你，心儿就会稍微平静

古谣啊，美丽的古谣

你点点滴滴从心里响起

像所有生命和生活的纯质的居所

雍容，典雅，华贵

抚平久远往昔和新近忧伤

母亲鲜嫩的三月遇雷的忧伤

古谣啊,美丽的古谣
你如时响起,风韵悠扬
像世界上所有美好的音乐
碎碎脆响,深沉,重浊,浑厚
我忧伤的心灵在你的歌声中
一分分地挨延过失恋痛楚的时光

古谣啊,美丽的古谣
你也是支肃穆而优美的葬礼进行曲
像妈妈口里的催眠曲,当我最后离去
就请为我奏响吧,我要在
你的韵律中回到我永恒的家乡
再也没有苦难、悲痛、诽谤……

贝史根尔(1973—),男,彝族,四川峨边人。著有诗集《梦幻的土地》《我的甘嫫阿妞》《燃烧的雪山》《大山彝人》等。

朱巧玲诗选（四首）

流　水

流水应该是斑斓的，就像那只斑斓之虎
我的心应该是激烈的，就像流水
从悬崖上跌落，就像惊鸟
四处飞散
关于流水，有人说是一道赦令
写在纸上
那颗曾经仓皇狭隘的心，被流水冲洗
沉淀为黄金
那只老虎正在消失
那翻卷的乌云和茂密的森林也在消失
　（这一切，与这个物欲横流的世界有关）
流水是一纸空言，写着荒唐
我越来越想放弃
飞。是的，生而为人让人厌倦
正如流水出深山
让我们明白世事无常
不知道下一秒，我们会出现在哪里
流水是一种混沌，活着就是一种
空。正如我一直虚妄

只有聆听流水

那静谧、那若有若无的

流，那最孤独的伴奏

流水对我来说，更像是一种伤口

永不愈合

闪　电

黑夜。一只虎在云中呜咽

海水低垂，铁轨蜿蜒进入森林，一团团朦胧的影！

风吹落花瓣，有谁还在千回百转

徘徊？还是沉在扉页不肯醒来

檐上的燕子，发出一声呢喃，又坠入了梦境

一道闪电

在天空中画着曲线，由浅入深，仿佛一支笔

"画着惊叹，画着悲欣交集"

——可惜我没有精湛的手艺

为你描摹流水般的深圳时光

在黑暗中，我仅看见一双瞳孔，幽深一样的井！

你是否来过？

"滴着水，淌着金子一样的光"

我听到虎啸已冲破云层

那闪电的幸福即将如暴雨倾泻

模糊之心

我逐渐生出一种模糊之心

越来越多的卑微和不安

如虫豸在眼前,晃来晃去

我总在想就这样吧

任性也好

荒废也好

反正都是艰难度日

"太阳底下,无新事"

每过一天,时间便少了一截

那寂静而又盛大的词汇

在我心中盛开了,又衰败了

我经历过的事

都没有具体的结局

万物自在,唯有我

越来越盲从

当鸟儿从天空掠过

我想起了遁逝,这种无谓的情愫

如影随形

我仿佛只能往低处去了

每一个低处都有秘而不宣的东西

在吸引我

随便一阵风,一阵烟

都可以熄灭那盏如豆的灯火
我越来越想就这样
得过且过吧
反正都是一无所有
反正都是活在盛大的虚无里

雅　歌（选章）

1. 早餐之歌

只有薄薄的米饭和咸菜，这些够不够
我用来抵抗训诫？
只有蠕动的胃和明察秋毫的眼睛
够不够我用来大哭一场？

窗外有旭日东升，有酣畅淋漓
有醉酒之徒和长痛短恨
这些难道还不够我用来磨砺和争辩？
还是坐下来吧，享受这顿奇妙的早餐
并把对人世的要求
又降低了一寸

3. 锦　书

你从云中寄来书信："近日身体颇感不适,
像是有一只小兽要离家出走。"
"我不知道能否挨过这个季节,那株金合欢树
一直在脱落,它好像感觉到了
白雪即将消融的压力。"

"再次在身体里建立一个神权制国家,只需安装
一颗能容纳一切的心脏。"
"我只允许你哭泣一次,是为了让疲惫的
眼睛重新进入杂草丛生的树林。"
当我给你回完这信,窗外的梧桐树哗啦啦地
掉了一地。

4. 谁不在地久天长里

读了一会儿王维觉得桂花无趣,我的经验
和你的不同
我的床是空架子
我种的植物不必跟它们交谈和告别
我们总有被替换下来的一天
我务必用我的经验告知你:
在这尘世里,挣扎无用。

不如换件干净的衬衣和我一起
逛逛这座空虚的小城

5．众妙之门

打开窗，让天使指挥合唱团

事实证明活着是一种厌倦，以至于
草木显得很疏离
现在请你来辨认：
我拿起了什么？咽下了什么？
我猜测了什么？放走了什么？
为什么是明知山有虎？
为什么是搬石头砸了自己的脚？

为什么是戏剧人生而不是图书馆？为什么只有
冷清的名字没有深红的果实？
我准备了一张床，啊，我用这种方式
解释春风无度和白日惆怅
并请你因此对我保持一种深深的距离

7．幸　福

众人聚于一堂，商讨饲养老虎之事宜

方案甲需要在寺庙里撞钟
方案乙需要开挖隧道
方案丙需要删除所有写过的字迹
组织者要求众人齐声高歌
为下一场表演准备好滂沱大雨

不知道你有没有过饲养老虎的经历？
昨夜我下夜班，小路边的杂树在星光的掩映下
一闪一烁，一只老虎趁机
潜伏在了我的心里
直到今晨我还有些防不胜防
被这巨大的幸福震得花枝乱颤，心跳不已

> 朱巧玲（1973— ），女，四川乐山人。著有诗集《凤凰之逝》《透明》。现居深圳。

彭飒诗选（四首）

委婉的词

那些活在春天里
乍暖还寒的山水
最难惊破。浓浓的烟霭
朝着内心的秋千
阻止角落里的陈酿
变得猩红如血

经你之手，调制出刚刚看见
又无法说出的醇度
脱离了石头的空虚
融化着圆润如玉的夜
在柠檬色的天空下
不用问，谁的渐渐枯萎

和一枚躲进云层的月亮
一样世俗。现在是夏天
你心驰神往地走在
摇摇晃晃的光影之上
你取一瓢饮，就醉了的

修持和传奇

合力虚构了一个流年
闭上眼睛,你已吻到诗歌
那深蓝的花蕊
下了一场颓势的细雨
睡在深闺里无法抵达的语言
就这样飘起来

沉水香

其实就是一些琐屑的场景
女人的慵懒,阴满中庭的思慕
赋诗,饮酒,排遣着
无可厚非的岁岁年年
可以清影相照的深情

多少人流连。多少人
黯然神伤。多少人夜半梦醒
听窗外淋漓的雨
自然合拍,滴落于心
无法抑制的余音

像落花淋浴在之后的月光里

月光又像水一样，浸出了

一种薰香缭绕

借许多柔软的表情

幻化成造化天地的神斧

沉水香呵，早已退出

梦中盛大的花事

沉水香呵，深入你的骨髓

飘成雪和烟花的落幕

飘成柳絮和浮萍的无常

水的旗语

不能绕过此岸

不能为此刻的坏而撒野

弃置的梯子，加速般疼痛

也收不回远去的河流

坑坑洼洼的大地上

巧舌如簧的旗语遮住了

隐藏起来的偏峰

我寂静，不为转动的利刃

存在的门立于原野

把我与世隔绝

让我饮下三千毒药

修炼春天如何穿云裂帛

谁在那一夜敲门?

金戈铁马的潮水

不断地测量我与门的距离

鱼群像人面桃花的眼睛

无处着力的梯子

生锈的梯子

爱上身体里流水的声音

大地的切口灌满泡沫

月亮的沉船更沉

从雷霆开始记忆

幸好我们还有时间

整理各自的行程

楚河汉界的鸿沟留在了

埋下伏笔的冬天。迷惘的河流

像花的根部一般

无限的深入了泥土

在一场无处告别的相会里
给我可以触摸到的涌动

从雷霆开始记忆
天空在闪电中辽阔起来
站在神秘的高度,像贝多芬一样
愤怒,一样走在瞎眼的历史中
那些被埋在泥巴深处的
咳嗽声。那些只能朝天空喊的
咒骂声。那些顶在头上的
三尺神明。没有因
谁的淡忘而停止流淌

幸好我们还有雷霆的遗产
和救赎,临界的决裂
不合时宜的批评者
为整个春天的结束
独自踉踉跄跄地行动
独自在半夜里
为一颗颗正在消失的星星
把灵魂放在黑暗的深渊

彭飒(1974—),女,四川乐山沙湾人,现居眉山。著有文集《高山仰止》。

沙雁诗选（四首）

早春二月

与情人节无关。如果我爱你
从二月开始
赶在第一声惊雷之前

起风了，江面摇晃
在这个套路太深的时代
总有人不按套路出牌，而且剑走偏锋
岸边，一株瘦弱的野樱花
枝丫上的骨朵渐渐丰满
还有早熟的已经绽放

冷同寂寞。羽绒、红袄，或者单衣
选择综合征
美丽抛物线
我扔出圆润的石子
一波又一波试探水温水暖
几只无猜的灰鸭立刻慌乱了阵脚

如果我爱你。像一株野樱花

赶在第一声惊雷之前

赶在绿叶遮羞之前

萌动,直到盛开

早春啊!早春

一半是殷勤,一半是紧张

你若散发花香

便有蜜蜂舞浪

二月里,它们都在赶一个早

半夜谷雨,潮湿在五月门前

春天的第一颗果实。樱桃熟透两瓣

一瓣沦落祸水,染朱子规鸟的丹唇

一瓣梳妆红颜,让我的半老白牙

重温一回桃色初恋

风流不把花的潇洒。芭蕉绿展三叶

一叶修炼成罗刹女手中的羽扇,轻轻一挥

我的野马便飘去四万五千里

随风狂奔、驰骋

一叶伸进关汉卿的庭院,帘外潺潺

听凭雨打芭蕉

一叶送给聊斋仙子翩翩，精灵巧手
正好为罗生缝制一袭锦衣

繁华里，参禅或者悟道
南风吹送祝福，霜雪与倒寒安详上路
等待下一次轮回
我抖一抖翅膀，栖落桑树枝头
赶在夏天来临之前
借势大红大紫

樱桃小口甜蜜
芭蕉裙摆妖娆
桑葚醉人，勿食太多
半夜谷雨，欲走还留
你站在五月的门前
潮湿一片

犹见荔枝红

酸楚，或者宁静。梅雨与酷暑的交替
沉淀下来。我举起一颗动词：离支
割去枝丫的痛
玻璃心那么易碎

把一壶枯叶滋润
然后舒展。我再次举起一颗名词：离支
一颗褪去霓裳的名词
白玉凝脂，未染烟霜

京都过于繁华，市井过于浮躁
走过大汉唐宋的动词名词
其实，你是不愿进宫的
也不会背得千古唾骂与哀愁

岭南也好，嘉州也罢。每个黄昏时分
总有星星下凡点灯
照见蛙声照见蝉鸣照见你的娇羞
依旧楚楚动人

手 术

在农历上行走的羊
数着日子放牧，或者归圈
三九，四九。小寒，大寒。
麻雀成群降落，画眉纷纷下山
迁徙与觅食。这个冬天些许混乱

我松开衬衣纽扣朝暖暖的太阳伸一个懒腰
一株忘了季节的海棠
在城市的广场边恣意开放

这个冬天,我一直在等待
等待一场彻底的洗礼,甚至冰封的毁灭
白雪覆盖肌肤。冻土之下
虫豸随潜流涌动
夜已深,大地需要一场手术
无须掘墓三尺。交给一粒种子
一粒能屈能伸的种子
一片精致柔软的柳叶
足够把黑暗划开一道口子
迎接春雨和惊雷

这个冬天。黎明之前
我需要一场宿醉
当肉体麻木的时候
手中的荆条才会鞭笞更重
挺直的脊梁才会抽打回声
岁月是把刀,正好刮骨疗伤

我一直在等待,等待一场北风
北风威猛,既吹散雾霾

也让我头脑清醒

曾经,还有以后

我依然吃草

沙雁(1975—),男,原名冯勇,乐山市诗歌创作研究会会长,出版有诗文集《散落乡野的音符》。

阿炉·芦根诗选（八首）

白　马

我有一匹白马
它有黎明似的马头
只要它一出现
全人类都是马夫
分别供养它的局部

我有一匹白马
它的牧场是宇宙
它驮着它的牧场
奔腾于黑暗之中
一整天只露出一次
白昼般的马背

我有一匹白马
它以时间为食
盛在太阳金盘上
它的缰绳是时间的营养

我有一匹白马

那些勇于抓住缰绳的人

暂时不包括我

那些死去的人都有一座

漂亮的拴马桩

替 身

离开彝家岗

整整二十三年了

彝家岗最古老的彝人

死了

感谢他过着我的八九岁的日子

穿姐的衣服,哥的鞋子

不知冬冷和夏热

感谢他替代我跑到汉家坪

给阿爸打酒

把我腾去念书

感谢他替代我娶娃娃亲的表妹

生育四个女儿和两个儿子

感谢他带表妹去看妇科

顺便在大街上烂醉

感谢他年年举行戒酒仪式
把我腾去爱

感谢他替代我永远没有走出彝家岗
感谢他替代我火葬
感谢他临死还替代我向往
汽车火车和飞机
向往城市和霓虹
使我腾出来做了个城里人
送他一程

感谢我
替代他过着

阿嬷的麦田

阿嬷没说过守望或者思念
麦子却总顺着风的方向

稻草人没发出过呵斥
山鸟却不会再来阿嬷的麦田

每一个阿嬷都在播种，施肥，收割

每一个稻草人体内都有一座十字架

私人地图

走近山
进去一看
是只羊

离开羊
走远一看
是座山

走近小镇
进去一看
是个阿嬷

离开阿嬷
走远一看
是座小镇

故乡辞

几只有钱人的乌鸦，穷人的喜鹊，那种云——
生活在天空的很多事物
包括刚才的旭日，已经掉下去了
曾祖父的灵牌也掉在地上

那几百亩耕地，赤贫的阿铁，水井——
生活在地上的很多事物
包括刚才的旭日，已经升天了
我赶紧把曾祖父的灵牌放回神龛

从前的小麦花

为着寡妇和粮食的歌子
是这样唱的：粮食上最美丽的花哟
朵朵的小麦花

为着孩子和巨人的书本
是这样说的：世界上最短寿的花哟
朵朵的小麦花

喜娘每次去给别人打谷

就让三个孩子在谷堆上玩,乖孩子哟
朵朵的粮食上的花

花茨村

四面,围山太重,风很少进得来
桂花和茨竹是一群安静的女人
一群更安静的男人

土匪行凶达到黑风黑雨的境界
砍了桂,砍了竹,大瓦山脚上只剩
花和茨。棒客,背客,步客——
用首级商量一百五十年的故事梗概

给花与茨的后代取名花茨村
只准饱经匪患的人们当村民,因此
人人都是一百五十岁老故事
新亮的蛮横细节

花茨村形成于昨天
还形成于今天和明天
匪气太重,时间很少进得来

青龙山寺

修寺的人五岁就能给人治病
终于明白,好人坏人的病都能治愈
于是得道成仙。每年朝会馨香
天灯照亮数蛇出洞,有绣球花开得十分紫
再细小的菜花蛇,都经不起跪拜
一跪拜就成了青龙
再短暂的绣球花,都经不起跪拜
一跪拜就成了爱情。下山路上
村童如蛇汤供养的爱情,朝我们呐喊
尖锐而快速。有紫衣女远落于土地之后
如一枚留给捕蛇者的绣球。

阿炉·芦根(1978—),男,学名罗旭峰,彝族。著有诗集《草心向药》。现居乐山市金口河区。

阿索拉毅诗选（四首）

群峰林立的杨河，似突兀而立的千万只雄鹰

群峰林立的杨河，十里只见巴掌天
伸手可捉月亮下油锅
脚踏大地尘飞扬，土结冰，鸡横飞，蛋乱打

群峰林立的杨河，北边有一座山峰叫团岩
山中岩洞长满的石钟乳争奇斗艳
一九四六年一架民国的铁鹰折翅后撞上它
巨大的撞击让整座山地动山摇
七十年后登上去召唤还能听到铁鹰悲鸣的回声

群峰林立的杨河，历史上也曾有繁华集市
官家的桥碑还立在那里
如果闭上眼还能看见生活在晚清的人们
在人来人往的集市上论斤压价的熙熙攘攘
时光还不远，但繁华总有落尽的一天

群峰林立的杨河，似突兀而立的千万只雄鹰
三万尺的悬崖仿佛被黑刀切去一半
另一半被千万条山中的暗河和瀑布冲走

只有大自然的鬼斧神工才能造就此等奇观

只有足够耐心才能等到阳光从缝隙中照进一线天

杨河，杨河，梦里开花又结果的杨河

骑马走过十里，赶羊走过又十里，山上的牧民

月光下把叮当作响的羊群赶进竹建的羊圈

人们在梦里听见彝人母亲唤魂的长音在夜里飘远

人们在梦里听见撵鬼的羊皮鼓声忽远忽近

炊烟袅袅的杨河，云雾缭绕的杨河

其实还有一丁点儿人间烟火的气味

但你不要认为人类只是匆匆的过客

手捧清凉的杨河水，我的心里也是亮堂堂

喝一口凉透骨彻的杨河水啊，不想爹不想娘

只求娶回一个水灵灵的彝家女子

落地为寇，再甩它十里赶羊鞭

羊鞭上会有千万只蝴蝶飞向时间的终点

而我必定是杨河的又一个匆匆来客

沉默的弯刀

反复梦见成片的森林倒下，

反复梦见刀起树倒，

杀人是需要诛心的，
砍掉一棵树就不必要了，
只需要把沉默的弯刀放在
磨刀石上日夜不停地磨，
磨烂一个又一个石头，
再削平一座又一座山的森林。

刀由心生，刀由火生，
一把有灵性的弯刀无须说话，
它躺卧在哪里都会发光，
它会让石头们产生无由的恐惧，
森林消失的罪证就不必找了，
一句话就可以让它马上死掉。

石头的硬度决定了思想的高度，
问题是魔兽都长着天使的面孔，
挑逗或麻痹已经麻木的众生，
甚至会把白云改成污染之河，
指着一群绵羊说成是嗜血的豺狼。

沉默的弯刀必将要石头的命。

走在日常事物的枪口下

走在梦想生疮的土地上

一些鸟会在风中鸣叫

一些虫会在雨中暗恋

恰好我可以立在风雨中

写一首日常事物的诗

比如喝瓶苦荞酒是伤胃的

但友情比胃溃疡划算

耿直比酒精肝还珍贵

这样的生活就像每日的呼吸

不断穿越肺叶的沼泽地

比如春节前从老非住处离开不久

坐上的出租车差0.01秒

就撞上一台车道上乱转弯的三轮车

如果四个疾驰的轮胎

与三个软绵的轮胎拥吻

那种后果是否会打上马赛克

其实我们

每天走在日常事物的枪口下

随时都被天才瞄准

被不可预知的意外就地正法

怜悯之神没有走进多数人沃野的殿堂

当黑暗抵达黑暗的边缘

当闪电灼伤闪电的眼睛

世界荒芜如一个鸡蛋孵出的孤独

走在无边无垠的广漠

没有尽头没有一滴水的滋养

干涸是心灵的迷药

长歌是撕裂的山川

岁月的枯槁爬满苔藓的皱纹

六月天满眼的泪水填不满

一个小女孩对生活一丝涩苦的滋味

现在是八月的雨季

现在是八月的伏秋

有人用滑水板冲击滚动的海浪

有人坐在空调房吸啜冰冻饮料

有人在月光下与友人觥筹交错

但在大凉山某个不经意的角落

有个小女孩写着一篇伤悲的作文

叙述母亲病危撒手西去的过程中

小女孩回天无力时的几段小场景

通篇朴实无华的形容句是

日月潭是女儿想念母亲流下的泪水

好像行走时背脊突然被捅一刀

手足无措的我看到周边的满世界

所有坚固的精神堡垒全都无情倒下去

一个女孩的纯真无情倒下去了

一座高山的太阳无情倒下去了

一条河流的未来无情倒下去了

雄鹰无情倒下去了太阳历无情倒下去了

猛虎无情倒下去了彝魂塔无情倒下去了

人性的废墟之空没有一声海鸥的鸣叫

冷漠的看客们继续在夜色中猜拳与漫骂

怜悯之神没有走进多数人沃野的殿堂

我的诗歌比寒冬里的烛光还微弱还渺小还粗野还无情

> 阿索拉毅（1979— ），男，彝族，四川峨边人。主编《中国彝族现代诗全集1980—2012》《中国彝族当代诗歌大系》《中国当代百名彝族女诗人诗选》《为了不再忘却的纪念》《中国当代彝文诗歌大系》等。自印个人诗文集《诡异的虎词》。现独立主持《此岸》诗刊和彝诗馆。

王学东诗选（五首）

黑夜经

如是我闻：
在黑夜中别慌，我与世界是很有缘分的，
组织在选举，婚姻已完成，
已经是第七天了。
黑夜的几个主题，有福了，
留下永久的新闻，
切开牛皮纸的档案，保存下来。
南无阿弥陀佛，哑巴在默默地念着，
黑夜的差异只在于，
这个黑夜的城市是瓷器按钮，与你久久对视，
一不小心，就碎成粉尘。
紧急中，我打开远光，
真不敢相信自己的眼睛，
我还能在旅馆登记，填写表格。
这才是一个真实的现状，漆黑，
但终于给予了我一张喝绿茶的桌子，
可以在浴室里互相擦洗身子。
黑夜始终不够多，
我无法知道自己要上交多少，

才能靠近。

但在黑夜中，我还得坐办公室，

灭火，写材料，

阅读长长的新闻和文件，

我一直不够少。

后现代启示录之七

作为文明的产物　灯光闪烁的旅馆
曾经在地震中摇晃
那阵波浪在服务员的脸上发白
流浪的人把这个唯一的空间填满
定下暴力的规则　讨好明星

监视器里的楼道有人影在穿过
把大地和城市静静地拍击入睡
只有他手中的包裹和身体无处安放
只有相互发泄　才能让自己不孤独

漂流而来的车灯期待着下一次的疲惫
带着愤怒回家　现场还有消费账单
他的睡眠已被一个强大的节日完全占领

天府广场

在这个悠久的历史土壤上
把紧握在手里的钱捏紧
高价格的地皮声打击着墙上的日历
栏杆抢劫了我摸索的远方和手套

雕塑刻录下了同样的头发和眼泪的坠落
大理石还是改变不了同样的眼神和背影
广告牌依旧缠绕着艳丽的冷漠
在霓虹灯的照耀下只有不断的谎言弥漫

喷水池盛开着千年不变的阴谋、贪婪和自私
在这堆积陈列着狡诈和痛苦的仓库和海港
把出租车送来的孤独填进这张身份的表格里

爱情经

如是我闻：
我又失约了，为此我也不快乐，
不过很快我将又有誓言的能力，
分享工人们正在浇灌的花园。
我发誓，我不喜欢和海对立，

是自私在利用我，是知识让我开心。
还是让梦想来感谢我吧，
做一个傻瓜，偷吃西红柿，
静静地在路边等候着需要你帮助修车的人。
我走出满天的星星，初尝了甜味，
只留下游泳池中的酒窝弥漫，
让银行宣布破产。
赶快找人把门打开，"等等"，
我们的礼服已经交了定金，
婚车也已经把油加满。
别急。船上老人掉下了他最喜欢的一颗牙，
所以我们应该经常在一起，喝喝酸奶，
参加感觉培训班。
其实，最可怕的是笑容，因为太真实了，
无法容纳下爱的治疗作用。
明天后我就能安静下来，
帮她写回信，和她商量一日三餐，
以及购物路线。

伤口诏书

我的手在关闭我沙子一样流着血的窗子
在我肉体的山谷间我的手迷失在红色的腥味中

这一扇绯红的窗子把我的瘦弱开得如此旺盛
向着永恒敞开但是深不可测痛撞击着胸口

血深深地浸泡着我身体的每一个山丘
除非我死去或者在床上昏迷几年

在我冷清的房间中我怕听到说黄河和长江
血就会从这里决口从这里找到倾泻的方式
让哗哗的流动响起奔腾的痛苦

我在身体的旷野里涌出来的血的喧哗中战栗
握住了蜘蛛一样的躲躲藏藏的死亡

血耷拉着脑袋回到暗处进食
伤口终于如枯萎了红色一样关闭
建造成了一座结着疤的庙宇在肉体的山间

王学东（1979— ），男，四川乐山沐川人。文学博士、副教授、硕士生导师，西华大学人文学院副院长。《蜀学》副主编，著有诗学专著两部，发表诗学论文七十余篇。

李静诗选（四首）

面朝大佛

三江，日夜不肯停歇的步子
是你派出的信使，千里之外
送我一朵经年的勿忘花
我在盛世里，朝盛世的你奔来
远方只是一个定义，你却是一个定格
我的迢迢，在你的眉眼里
有没有摇曳生花，一念一菩提？

潮汐在昨夜，守住承诺了吧
芦苇在太阳岛的款款深情
在我出发的那一天
在一座城池，日渐丰腴的岁月里
你的端坐，你的法像，守护与更迭
唯有性格迥异的三江
在夜夜高涨的船帆下，与海通互道珍重
与苇蒿互诉衷肠
与一座离堆，惺惺相惜
那么多在九曲栈道相携，或抵足的无常
你的尊崇，落入凡间，落进心头

随风雨桥,退回人世间

你在对岸的日子安好,很多的铿锵
三江——化解,零落成尘
你的发髻,成为一种昭示
成为潜藏于心的告解
很多流离的夙愿,双手合十的瞬间
一莲盛开,让一座城池,双目明亮

大 雪

去河床的腹地打个照面
一些来年会厚重起来的呼吸
草木过时的温暖
树杈和流言
双双沦陷

天气低到脚踝
也长到南方的春天里
梅在细数流年
等一把剪刀
高过眉目
被雪温存过的端庄

你就在暗色中抵达

在馒头的绮梦中一声叹息

开始心甘情愿进食

开始与露水和迷雾比照容颜

有鸟雀来打小报告

假装误入桃花源

假装一段仁慈，找到明主

庄稼啊，你在今朝

请允许压迫

请在来年，奔走相告

山　风

屋瓦很是明白

一头困兽，三两妖风

不过给伶仃的兔尾巴

更为伶仃的陪衬

七月本是进山的前站

站在水流的神经末梢

上对青天烈日

下俯寂寥空白笺
我在隔河中段
望见你,与风齐耳的发型
与山峦对比的角度
排列在云深处

我又吹起了年轻的口哨
迷彩遮阳的漏网
从天而降的风
一角洗白的背带裙
都将奔赴远方

我就这么,与你隔河,隔山,隔水
隔在抑扬顿挫里
隔在一本书的厚度里

八月桂花

讨伐的日子来到
不动声色,香如故

夏天的喉咙,得到至高无上的宠爱
与八月,八月的媒,八月的棋

争夺一壶桂花酿

蜂蝶自此又安了家,半个身子沦陷
恨不能挤榨整个夏天

你的玫瑰旗袍,滑入骨节
三丈外,香草的手语,收复了夏天

决定接你回家
从八月的旗语,到达一丛芦管
到达青花瓷,到达错落的喉结

你终不是来时的愿望,阴差阳错
每一粒明朗的过往,为八月所依托
走过去,走到夏天的紧要处

李静(1974—),女,祖籍四川德阳,现居乐山。著有诗文集《我问伶仃》。

20世纪80年代

李斌诗选(四首)

坚 持

春天到了,就自然地绿,就自然地红
可我的诗歌一直在冬天里泛黄、飘荡
我知道落地不会生根
因为水泥多了,泥土死了
所有的落叶都不如一粒肥料或一毫升农药

所以此时开不出自由的花
彼时更结不出砸得人心疼的果
花园里的美是浮华,小草的理想一尺
再远一点的抱负不是没有
是有了会枯萎得更早
匠人的剪刀,铁打的锋利每天都在咔嚓咔嚓的响
齐腰折断的锋芒,不能安息就继续高贵

但现在,最不可以苟活的诗歌
也全都苟活了
繁灯照耀下的低眉
偷生的技术圆熟得没有一丝青涩

可我还活着,我的父母还在我的右肩膀活着
我的妻儿还在我的左肩膀活着
那么我的诗歌,就种到家乡的冬水田里
即使是一曲悲歌,季节到了
就自然地开出她的绿,或者
红,或者一直
黄
吧
那是她在这个尘世能够坚持的最准确的烛火

晴　朗

轻轻的音乐懒懒地流过膝盖
我放下茶杯,茶杯里的白开水有昨夜北斗星的甜
很久没喝茶了,茶水涩涩的苦不适合我凉寒的胃
于是我温一壶水冲泡夜的微光,只一点点
多一滴月亮的柔情都是多余的暧昧
一个人原本微尘,为何要占领整个天空
我只需要与自己躯体一样大的灵魂
至于山的高、水的长、阳光的照耀,我不故作也不奢求
至于给过我苦难、痛楚、委屈的人,我不恨也不原谅
每一个施暴于人的人都是内心受到过伤害的
原谅每一个施暴的人都是没有责任而懦弱的

当棉花阳光的心事捧起雪花含情的眼眶
这人世间最洁白的事就流下了黑色的泪水
我心藏棉花，在雪花落地之前接住她
我有棉花的温暖、雪花的湿润
我身高一米六七的天空，晴朗，有白云朵朵

手　术

生活的风吹疼在左，日子的雨淋痛在右
这人生的苦难日积月累地锻打剑的锋利
反反复复双刃着被伤害的胸口与伤害的后背
当太多的人剑指他人
我把这疼痛的刀锋当作手术刀
为自己做一场又一场手术
先割除我前世的怨，再割除我今生的恨
倘若还有来世，还有下辈子的苦痛
我还将用它割除我虚荣的浮躁和多余的冷静
我不能被夜风暗算就天天告密太阳
我更不能捏起左手的疼痛用右手去戳草叶的伤口
我的脊柱要像树
随阳光的照耀一直向上挺直地生长
我的心灵要像水
随月光的柔在大地的善良里一直向下流

我要在苦难的疼痛里开出花的脸庞

清　淡

我是一个清淡的人，我的血液
始终流淌着那穷山沟的清水和轻风
尽管尘世的霜雪把我淘洗得只剩下了一副穷骨头
我的眼神依然木讷，我的脸皮依然憨厚
我愚钝的灵魂依然像黄泥巴一样本质
至于那些对我的鄙视或者羞辱
我都会牢牢记住
并一一加以修正而祛除脾胃上的虚火
以及祛除肥肉上的脂肪和瘦肉上残留的饲料添加剂
然后用萝卜和青菜打理肠道，用麦子和玉米喂养
这是我孩儿时的食谱，现在用作药引
引苦难变作轻风，引仇恨变作清水
这样日子就会天高、地厚，结出清淡的稻花

> 李斌（1981——　），男，四川乐山五通桥人，在《星星》《诗刊》《扬子江》《诗潮》等报刊发表诗作。现居成都。

廖淮光诗选(八首)

经 过

阳光经过桢楠的绿荫洒落下来
伏虎寺的钟声也是

母亲坐在檐下,褶皱的脸上挎着老花镜
在竹筛里,清理去年留存下来的黄豆
偶尔一两声咳嗽,扯着溪流里的光斑

不断有人经过,进山或者下山
绿荫筛捡过的光亮跳跃
和人们一起,像接受清理的黄豆

钟声回旋,母亲身旁的水壶吐着热气
有人问路,她会停下手里的活计
耐心地帮人指认方向

她已经净斋数日,她在等待一个人
与她一起说说《般若波罗蜜多心经》

我希望春天慢下来

我多希望春天慢下来
在那个叫作太白村的小村庄慢下来
在父亲母亲长年耕种的一亩三分薄地里慢下来

春天拥挤,要完成的动作太多
除去杂草,深翻土地,耙平泥巴,播下种子……
在我的村庄,一个也不能少
我年过半百的父亲母亲,一个也不能少

风一阵比一阵紧。起起伏伏的山路上
越来越沉重的喘息、风湿痛和关节炎,串起家园
要赶在一场雨之前,嫁出苍白的希望
两个被远方抛下的老人,已错过了两顿午餐

我多希望春天慢下来
在经过他们的时候,慢下来
好让不再灵光的他们,摸摸季节的尾巴

角　色

身旁那条叫作青衣江的河流,

那条叫作岷江的河流，很快就汇入了大渡河，
我知道，大渡河在不远的地方，
又很快汇入了更大的河流。
这让我联想到一个人，开始叫二娃、三狗，
慢慢就叫老王或者老刘了；
起初是儿子或者女儿，慢慢就是，
父亲母亲、爷爷奶奶、外公外婆了；
未出远门之前，是个木匠、打铁的、
卖菜的……一扛上蛇皮口袋，挤上火车，
就都叫进城务工人员了；
在村子的时候，无人不知无人不晓，
到镇上还有人打招呼，到县城，
便没人认识了，再到更大更远的地方，
就成了山东人、四川人、河南人，
东北人、西北人、大陆人、中国人。
千山阻隔，风景无数。谁曾停留过匆忙的脚步？
都向往着更高更远，而天空永远空着，
我们终将在世界最低的地方，化作死水一潭。

风吹过来的时候

风吹过来的时候，
确切点说，风从对面那片小树林，

吹过来的时候,
由远自近,起伏、荡漾。

我还想尽情感受一下风,
风一溜烟走远了,
我停在原地,眼睛疼痛,
无法止住泪水。

这些年,我空有一棵草木之心,
风吹过来的时候,
一再忘记了像花草树木一样,
低头、挥手、侧一下身子……

我拼命地揉着眼睛,
泪水,让罪孽更加深重,
一粒尘埃羽化的飞翔,
却在我黑白分明的身体里搁浅……

太白村

在档案表、在信封上、
在求职书、在断行的诗歌里……
我无数次写下太白村;

现在,我越来越害怕写下这个诗意的名字了。

栽种"苎麻"而名的太白村,
完全可以想象收割苎麻时,村庄铺天盖地的白;
一想到那种白,与苎麻有关的白,
我的心就被千丝万缕的麻牵动着。

我害怕村庄这样的白;
我的父亲母亲正在那里老去,
他们头上的白发越来越多,
我害怕有一天,他们的白与麻捆绑在一起。

童 年

篱笆墙上,歇满绿叶
有蜻蜓突然飞起,有蝴蝶缓缓降落
一根黄瓜悬在暗处,喉咙里的口水长着小黑刺

青蛙一般伏身在绿荫里,望见狭小的、肢解的世界
灌我以陈小妮欢呼的风

数过蚊虫,也数过星星的缝隙
月光和白雪伸进手指来

揉搓着我瘦弱的身子,像揉搓一团没有发酵的面

那个时候,陈小妮的屁股很瘦
远不及一个馒头丰满

风 吹

草木一再侧身。翻涌的堤岸边
一块铁青色的石头旁,芦苇丛一再低头

像极了麻二死死摁着陈小妮
在给窒息的黄昏输氧,月亮这个吊瓶正慢慢瘪下去

蝉鸣和浪涛刀锋相对,我望见的大地
在喘息里,张着干裂的嘴唇。救和命卡在一个人的喉咙

风吹着,风不停地吹着。满世界都起伏着我的宿敌
满世界都在放倒我心爱的女人

玉 米

风让它们鼓掌,或者它们彼此挠着手心

忍不住笑出声响

鸟鸣起起落落，蝴蝶若隐若现
整个世界的痒簇拥我，半截词语紧锁在喉咙

直到母亲从玉米林里探出
直到我面朝故乡，忍不住地跪下身来

揣着母亲乳房的玉米，系着父亲发须的玉米
在倾斜的光线里，我触碰到了自己冰凉的肋骨

玉米，我终于声嘶力竭地喊了一嗓子
玉米，所有的玉米也喊了一嗓子

> 廖淮光（1982— ），男，苗族，重庆酉阳人。作品散见《诗刊》《民族文学》《星星》《北京文学》等刊物。现居峨眉山市。

税剑诗选（三首）

世界灵魂

今夜，台风带来的雨让城市沉陷
白天的雨只往一个地方注入：赤道
那些雨的绒毛上有血

世界在滴，滴滴答答的一头狮子
我在梦里把狮子变成雨朵

绒毛在赤道闪光，闪光而幸福
我看见了你的绒毛
我指认了你，并非因为你的面孔
而是因为你的翅膀

写到雨水的时候，我就注定
将潜身于一场未知的洪流
未知的洪流，将让我在梦中
努力把水中的鲫鱼，变成核潜艇

我的天真、厄运、善良、战争
就组成了世界的灵魂

今夜，历年的雨水和恐惧

都与我同在，雨并不落下，落下

它们向四面八方发射

发射的每一条通道都有我

每一条通道都穿过时间

因为通道太多，突然

就有人从世界的边缘坠落了

我突然看见在慌乱的洪流中

有一只纸折的船，船的桅杆高耸

那正是你高高的坟冢

我们听见了他最后一声嘶声叫喊

或许是琐碎的上帝，你说

时空切割术

星期〇，上帝

下班

切割花岗岩的幕墙

工人，工业怪兽

回到最辽阔的时刻

切割。如果存在
是2.8米。他更愿意
化整为零。在蜗居地
在住人集装箱
在窨井盖下
他并不浪费时空

的确,他住在两间
相邻的房间中间
他住在墙壁里
他在墙壁里磨刀
先割了紫云,割了恩
、割了爱、割了童年
再把它们都往空隙的
实体里扔。最后
在尚未到来的
空间,堆积起来

阴阳割了昏晓
把一天切割成五个
星期。并不等分
在这个月,他足足

过了三年了
并随时祈祷着
他出生的夜晚消亡

然后，他就忙着
为二月和三月中间
命名：闰，给墙壁里
命名：土

此时，他的灵魂
早就抛却了时空
正在离地三米的
上方做漂浮运动
凝视着自己的躯壳
体会深度的宁静

他，就好比今日
并不属于这一年
这一生的任何一日

星期九，下帝
上班

器官X

1

耳朵是一种奇怪的虫
鼻子肯定是一种爬行动物
而此刻,我的眼睛
正在显示灵魂的力量

把耳朵像高塔一样
竖起来。它先是耳朵
而后是一座高塔,最后
又重新返回耳朵

当耳朵演化时,我的鼻子
变成了一群匍匐的战队
我的左右眼成了日月
汗水涔涔成了星辰
他们正准备攻打高塔
捉回一种叫耳朵虫的敌人

耳朵虫躲在高塔里,昼夜不停地
打磨着,它那神奇的牙齿

2

在捉回耳朵虫的途中
头发的森林里,战队迷失
指挥官依次梦见挖掘机
砍树的斧头、一面镜子
一把椅子。在梦见剪刀时
才意识到自己的角色
已趁机转化为理发师

嚓嚓,嚓嚓掉落的发丝下
眼神闪烁。眼皮合拢
你说你反对黑色的双眼
你说褐色。还说褐夜
可我的眼睛,仍然是棕色的
我的灵魂仍是棕色的灵魂

我的面庞四通八达
我欢迎我的每一个器官
也欢迎我棕色的灵魂

一条虫从耳朵里爬出来
突然开口:你怎么
懂得了器官的语言

3

如果哪一个器官突然站立
从我的身体上竖起
它就成了一座奔跑的高塔
我的身体就成了大地

它带动我飞速奔跑
如果跑得足够快，很快
就追赶上了那些消失的光束

这个莫名的器官像幽灵
它在站立时显现，在奔跑时
幻化亦如灵感。它能穿过
几百亿千米厚的铅
运动却几乎不受影响

它带动我穿透万事万物
而我仍然毫发无损
其实它，才是抓回耳朵虫的
真正幕后英雄

税剑（1983— ），男，四川犍为县人，2001年开始写诗，参与主编民刊《活塞》共七卷，组建豆瓣网和诗生活网"死塞诗社"小组，主持实验诗社"后社"，著有诗集《伽马刀集》。现居杭州。

郑国耀诗选（五首）

云和羊

羊在山坡上吃草
云在蓝天上飘摇

一阵风吹过来
云和羊都有点乱

一朵云掉在羊背上
一只羊骑在云背上

绕过去

前面有人打架
我绕过去
前面出了车祸
我绕过去
前面明星签名售书
我绕过去

我这一生简单而平静
遇到热闹就绕过去
绕过去
就像绕过童年的草丛里
那条吐着信子的灰蛇

江上即景

白茫茫的江面上
一只红蜻蜓轻盈地掠过
芦苇顺风而绿
多么平静，多么辽阔
你可以说，远处
一群少年正跑来戏水
也可以说
一场暴雨即将来临

听故事

记忆里的雨滴一尘不染
记忆里的天空一尘不染
记忆里，我们总是提前吃过
晚饭。等月亮出来

那时候,隔壁尿炕的王二还在
夏天还在,外婆还在
"葡萄架和几张藤椅还在。"

午夜之门

午夜,应该有一扇门
在每个人的背后,关闭或打开
我可以转身,也可以置之不理
日历就挂在门上,被一页一页
翻过。不论睡眠,还是想象
一扇门都紧随其后
像我摇摆不定的影子
恍恍惚惚。或者,像我本身
午夜,我常常分不清门内和门外
"床前明月光,疑是地上霜"
总有一阵风吹过来,推开虚掩的门
然后,看见山峰

郑国耀(1983—),男,山西代县人,曾用笔名骆中。著有诗集《虚构的生活》,随笔集《历史没有告诉你的小秘密》。现居四川乐山。

20世纪90年代

余幼幼诗选(十首)

不 死

你要了解我
就必须吃掉我

我割肉给你吃
挖心给你吃
挤奶给你吃
你要像对母亲那样对我
对妻子那样对我
对女儿那样对我

你要像找到了信仰
找到了一个
永远饿不死的工具

不着急

人总是要胖的
乳房总是要下垂的

肚子总是要隆起来的
所以我不着急

不着急得到岁月的惩罚
不着急坐到
精神科医生的对面
给他讲述黄体酮如何催促
梅雨成为六月的例假

我不会错过与你相遇
也不曾错过任何一个生理期
即便你坐到我的对面
穿着白大褂
告诉我
爱情是用来治疗的

忏悔书

我写了那么多爱情
却从来没有
相信过
爱情到了最后
都让我变成

老死不相往来

很多男女
仅仅是交换了
生殖器官
便杳无音信
阳关道、独木桥
井水、河水
都不必承前启后

我爱上敌人
爱上无知
爱上杀人凶手
在田野里插了一支钢笔
用语言和庄稼
做了一次天大的爱

有时候我很累
喘着气，也会哭
我尝试从孤独中挖掘
出人性
扯下的却是野兽的腿毛

老了一点

与前几年相比
我确实老了一点

老了一点
手伸进米缸或者裤裆
都不再发抖
前几年
还有些仪式感
对生活充满敬畏
对爱情抱有幻想

小心翼翼地希望
淘米水浸泡过的手
有世俗的光泽
碰过的男人
将成为我的丈夫

再过几年
也许会觉得现在
还很年轻
手不算粗糙
隐约有点妻子的模样

磨 刀

磨好刀,去恋爱吧
找一个人从背面刺入
向他打招呼说明你的来意
在身体里磨刀
越磨越钝的
刀刃会向他证明
时间已经不多
不恋爱的人不配流血
不配和刀融为一体

恋爱吧,携手去磨刀
你和我一人捅对方一刀
没有人死亡
也没有人生还
磨好刀,把爱情都
留在刀刃上

自 由

半斤白酒
我的身体自由了

这自由

东倒西歪，失去了平衡

我被它撂倒在床上

起先我吞下了一个酒瓶

我想到飞的感觉

可我被自由撂倒在床上

浪费了享乐的时机

床上只有我一个人

房间更是悄无声息

于是我又浪费了全部的自由

我为诱饵

雨在窗外

不知道它们在说什么

可能具备了思想

可能在讨论

有些人顶着自己的头

在雨中寻找

另一颗让人满意的头

下雨的时候

最好还是把头取下来

随便放在哪儿都行
拒绝任何声音
但不要拒绝雨声
当一回诱饵
让雨去创作

柚　子

到了区分酸和甜的时间
一颗水分充足的柚子从树上
掉到我的面前
它比平时吃的任何一颗
都来得突然
来得毫无防备

我在想是储存在
离酸近一点的地方
还是离甜近一点的地方
是放在你喜欢的位置
还是我爱你的位置

想了很久
柚子被全部吃完

答案还是没有想出来

被　动

她的话中带有瘀青
风吹不走雨淋不湿的外伤
降温使之还原，疲倦使之现形
性别使之绝缘，现实使之蜕皮

她站在女人堆里像男人，站在
男人堆里像阳具，她什么也不像
既不像自己，也不像所有人

把秋天翻一面煎黄，直至冷却
词语受冻之际，不参与交流
默不作声的事物白得露骨
未尽之言逐渐康复

再等几年，仍旧被动的唇形
必会发出元音
或种植在另一张唇里

过　滤

酒神聚齐，半边脸遮蔽虫鸣
威士忌通过细长的瓶颈，一滴滴
把喉咙灼烧成时间隧道
此时，只要愿意聆听
就能获取二十岁的灵感
从喝醉的年纪过滤出一根鱼刺

不胜酒力而被黄昏扑倒
脚上长出影子，唯恐把它踩死

陷入黑暗的你与
反光的你睡在同一张床上
用相同的呼吸消除间隔
在浑浊的梦中捞鱼，在滑溜溜的鱼脊上泄欲

毛衣不用于保暖，只用于导电
身体不用于抚摸，只用于修改经历
知觉用来失去，记忆用来
吸入空气，吐出蜻蜓

余幼幼（1990—　），女，四川峨眉山市人，2004年开始诗歌创作，著有诗集《7年》《我为诱饵》。2009年荣获《诗选刊》年度先锋诗人奖；2010年90后十大先锋诗人列为第一；诗集《7年》被《羊城晚报》评选为"2012华语文学榜年度诗集"；2012年获《星星》年度大学生诗人奖；2013年被评为"四川十大青年诗人"之一。现居成都。

"老乐山"系列丛书编纂委员会

顾　问：罗亚夫
主　任：郭　捷

副主任：杨文佩　陈有波　陈长明　龚德勤
　　　　肖瑶伦　毛先贵　秦伟民　罗国雄

委　员：彭　充　李显蓉　丁　强　宋敏智　龚静染　梅　勤
　　　　袁东斌　万汝彬　万井成　吴仲文　兰　炜　郭建明
　　　　刘燕梅　赵进东　邛莫布哈　王　影　李文兵
　　　　陈　智　谢雨轩　侯翠容　昝利君　王宇洁　向晓文
　　　　吕晓东　张茂平　杨晓英

主　编：罗国雄　龚静染
副主编：彭　充　李显蓉　丁　强　宋敏智

主办单位：
乐山市档案馆

协办单位：
乐山大佛景区管委会　峨眉山景区管委会　乐山市市中区档案馆
乐山市五通桥区档案馆　乐山市沙湾区档案馆　乐山市金口河区
档案馆　峨眉山市档案馆　犍为县档案馆　井研县档案馆　夹江
县档案馆　沐川县档案馆　峨边彝族自治县档案馆　马边彝族
自治县档案馆　乐山市城建档案馆　千佛岩·东风堰景区管委会